삼각주에서

트리플

삼각주에서

3
4

최수진

연작소설

T
R
I
P
L
E

차례

009 99

037 삼각주

099 구

135 에세이 이 소설의 주인공

144 해설 애도하는 사람들 — 김은하

단 한 사람도 설득할 수 없다면, 그 누구도 설득하지 못하고, 또한 그 누구도 우리의 무덤에 관심을 갖지 않는다면, 결국 우리는 혼자서 고개를 돌리고 아주 멀리 가버려야 한다는 의미잖아요. (……) 그러면 당신은 세상이 변함이 없노라고 말하겠지요. 하지만 그렇다고 해서 우리가 타인을 설득하지 못했다는 슬픈 자의식조차도 마침내 느끼지 않게 된다면, 그건 너무나 고독해요.*

하지만 이 모든 것에도 불구하고 하나, 둘, 셋 잘 생각해보면 (……) 하여튼 곰곰이 생각해보면 이 모든 것에는 확실히 무언가가 있다. 누가 뭐라고 해도 비슷한 사건들이 이 세상에서 일어나곤 한다.**

---

* 배수아, 『알려지지 않은 밤과 하루』, 자음과모음, 2024.

** 니콜라이 고골, 「코」, 『코』, 김민아 옮김, 새움, 2021.

　　사촌 동생은 아홉 살이나 많은 사촌 언니가 왜 그토록 좋았는지 스스로도 오래도록 설명하기 어려워했다. 몇 가지 이유를 꼽자면 일단 어린 시절 둘이 워낙 닮았다며 어른들이 크고 각진 가죽 앨범에서 사진을 맞붙여 보여주기를 좋아했던 기억 때문일 테다. 정성스레 땋아 리본 핀으로 장식한 머리를 늘어뜨린 채 뾰족한 무릎을 엉거주춤 구부리고서 카메라를 향해 멋쩍게 웃는 둘은 시차를 두고 자란 쌍둥이처럼 정말로 얼핏 비슷했고 "아유 옆구리에 책 끼고 찍은 거 봐, 이렇게 예쁘고 똑똑하게 자라야 하는데" "동생이 더 귀여운걸요,

뭐" 하고 친척들이 서로 겸양을 늘어놓는 지루한 시간 곁에서 함께 사진을 보던, 이젠 훌쩍 자라 엷은 화장을 하고 나도 저렇게 되려나 싶게 목이 꽃줄기처럼 길고 가는 사촌 언니가 멍하니 있다 퍼뜩 깨어나 웃으면서 사진 속 어린 자신이 낯설어서인지 다른 아이와 비교당해도 아무렇지 않은 것인지 "네가 더 좋은 사람이야"라고 말하며 슬쩍 손잡아준 기억이 또렷해서였다. 그러니까 사촌 언니가 예뻐 보인 것도 이유가 됐다. 어린이의 좋아하는 마음이란 나와 닮았고 내 손을 잡아주고 내가 닮고 싶은 대상에게로 향하기 마련이니까.

이런 명료하지 않은 상념은 더 나이 먹고서야 뾰루지처럼 돋아났다. 본성도 물건처럼 손때 묻고 주름져야 비로소 자기 것이 되기 마련이다. 사촌 동생은 자라면서 머리칼을 짧게 치고 성당에 발길을 끊고 살이 찌고 양친의 속도 썩이며 나는 비교당하고 눈금 매겨질 대상이 아니라 설명 불가능한 오직 자신일 뿐이라는 예민한 자의식을 갖게 되었다. 그렇다면 사실 자신을 겨눈 카메라 렌즈를 떨떠름하게 보던 어린 사촌 언니의 마음속에도 비교를 거부하는 마찬가지의 자의식이 있지 않았을까. 둘은 생김새며 취향이 달라진 뒤로도 서로를 동족처럼 편히 여겼지만 아무튼 결코 같은 사람은 아니었으니까.

"네가 더 좋은 사람이야."

어린 사촌 동생은 사촌 언니의 다정한 말을 그때도 전부 믿지는 않았다. 하지만 죄다 어른뿐인, 연말의 북적거리는 낯선 본가에서 그림을 그리고 숨바꼭질을 하며 놀아주는 사촌 언니는 한 명뿐이었으므로 최선으로 여겨진 대답을 했다.

"나도 크면 언니처럼 자랄래."

하지만 훗날 떠올릴수록 자신의 대답은 사촌 언니가 그립고 가여워서 지어낸 기억이 아닐까 혼란스러웠다. 또렷하다고 해서 모두 있었던 일이라 할 수는 없고 겪지도 않은 기억이 생생한 정서를 일으켜 때로는 스스로도 거짓인 줄 알면서도 그 자리 잡은 거짓 기억을 고집스레 믿으며 살지 않는가. 의구심이 들 때마다 사촌 동생은 가벼운 현기증을 느꼈지만 물어볼 상대가 없었고 설명은 여전히 어려웠으며 그때 어른이라고 느꼈던 사촌 언니가 사실 얼마나 어렸나만 새삼 깨달았다. 젊은 게 아니라 정말로 어렸다. 사촌 언니는 스물여섯 살에 자살했으니 그때는 만 스물도 되지 않았을 것이다.

사진 속의 언니와 동생을 확실히 구분케 하는 차이점이 하나 있었다. 사촌 언니의 집은 개를 꾸준히 키웠기에 사진 속에서 사촌 언니는 대부분 개와 함께였다. 작건 크건 털이 포슬포슬하건 주둥이가 쭉 빠졌건 활달하건 경계심 많건 개들은 다 사촌 언니를 잘 따랐다. 큰집 거실 벽과 부엌의 긴 식탁에는 개들과 큰집 식구들이 한 가족인 양 사이좋게 포즈를 취한 사진들이 장식되어 있었다.

사촌 동생도 막연히 부드럽고 친근하고 다정한 작은 동물을 돌보고 싶었지만 마트 애완 코너에서 몸을 말고 웅크린 햄스터조차 키워보지 못했다. 털 알레르기 탓이었다. 사촌 동생이 어릴 때 큰집에서 키웠던 개 두 마리는 어린아이 몸집 정도로 제법 컸는데, 친척들이 방문하면 개들은 긴 줄로 묶여 마당에 내보내졌다. 해가 빨리 지고 바람이 찬 연말연시에는 뜨개 조끼를 입혀 내놓았다. 목줄 찬 개 두 마리가 낑낑대며 꼬리를 흔드는 동안 어른들은 어두워지는 마당에서 전기난로를 켜고 숯불을 올리고 손에 입김을 불며 소고기와 삼겹살과 버섯과 마늘을 구웠다. 친척 중 누군가의 정육점에서 받아 온 고깃점은 언제나 갓 도살해 붉고 싱싱했다. 실수로 너무 태운 고깃점은 묶인 개들 쪽으로 던졌다. 사촌 언니는 잘게 자른 고기를 종이컵에 모아 길고양이가 알짱대는 담장 뒤편으로도 던져줬다. 너무 탄 음식은 건강에 나쁘니 먹어선 안 되지만 개나 고양이에겐 줘도 상관없다고 했다.

"하지만 개들도 맛있는 걸 좋아하지 않을까? 개들은 이런 걸 먹어도 괜찮을까?"

두 사촌은 개들 가까이 앉아 구운 고기를 먹었다. 사촌 동생은 잘 익은 고기를 젓가락으로 집어 몰래 흰 개의 주둥이 쪽으로 드밀다 물었다. 그러니까 개가 어떤 걸 먹어도 되는지는 사실 더 따져봐야 할 문제 아닐까, 어쩌다 마음에 걸려 물었는데 사촌 언니는 놀라울 정도로 냉정하게 답했다.

"상관없을 거야. 개들은 잘 참아."

"상관없다는 게 괜찮다는 뜻은 아니지 않을까?"

"상관하는 건 사람이지. 예전에 우리 집에서는 아끼던 개가 죽는 것을 견디기 어려워서 개장수에게 팔아버렸단다."

그 엉뚱한 답은 기억에 또렷할 정도로 당혹스러

였다. 무엇보다도 사촌 언니의 굳은 표정과 대답이 살에는 겨울바람처럼 선명했다. 사촌 동생은 다소 놀랐으면서도 그 기세에 맞춰 항변하듯 되물었다.

"이 애들은 여기 있잖아?"

"내가 너만 했을 때 일이야. 이 애들을 데려오기 전에 키웠던 개들이 크게 아팠는데 상태가 점점 안 좋아졌거든. 아픈 걸 참고 돌볼 수는 있어도 죽는 모습을 보고 견디기는 차마 싫었던 거야, 우리 부모님은." 그리고 사촌 동생의 빈 접시에 익힌 고기를 덜어주며 이번에는 자기 쪽에서 거꾸로 물었다. "그런 식의 사랑도 있지 않을까?"

"그런…… 그거는……." 사촌 동생은 말을 더듬다가 고개를 세차게 가로저었다. "그래서는 안 되잖아?"

"그래서는 안 되지."

"그럼 애들이 나이 들면 어떡해? 다시 넘길 거야? 못 참아서 넘기고, 괴로워서 넘기고, 그렇게 계속 넘기면 잊어버릴 수 있는 거야?"

흰 개가 타지 않은 고기를 먹자 갈색 개도 주둥이를 들이밀었다. 개들이 번갈아 입을 벌리자 공중에 하얀 입김이 섞였다. 어른 중 누군가 개를 조심하라 소리쳤지만 사촌 동생은 못 들은 척했다. 사촌 언니는 사촌 동생의 어깨에 팔을 두르고 자기도 제 몫의 고기를 갈색 개에게 줬다. 손은 차가웠고 개들을 보느라 사촌 동생에게 고개를 돌리지도 않았지만 목소리에는 도로 평소의 다정함이 묻어 있었다.

"그런 일은 안 생길 거야. 그게 그렇게 나쁜 일인 줄 너만큼 어렸을 때는 나도 몰랐어. 그런데 지금 네 반응을 보니 얼마나 나쁜 일이었는지 알겠어."

이 문답이야말로 비현실적이고 아귀가 맞지 않았다. 그렇지만 사촌 동생은 사촌 언니와 정말로 이런 대화를 주고받았다고 믿었다. 이 말들이 드리운 그림자가 살면서 맞닥뜨린 다른 고통과 죽음들처럼 자신의 일부가 된 것이다. 살면서 오싹하게 나쁜 일들을 맞닥뜨릴 때마다 사촌 동생은 탄 먹이를 주워 먹는 개들을 떠올렸다. 그 풍경의 일부가 되어 때 묻고 주름지고 실금 간 채 자라는 스스로를 보았다. 고통과 죽음을 외면하는 행위는 사랑일 수 없다는 선언, 그 선언이 세상을 보는 시야에 음영을 더해 사촌 언니의 죽음을 어떻게 받아들일지 생각하게 했고 외면할 수 없게 하였다.

사촌 언니와 사촌 동생이 한때 얼마나 닮았었는지 떠올리기를 가장 꺼리게 된 이들은 사촌 동생의 양친이었다. 큰이모가 사촌 동생과 이야기 좀 나누고 싶다고 부탁하자 양친은 "아이가 시험기간이라 예민할 시기라서" 같은 걱정을 에둘러 내비쳤다. 사촌 동생이 예민해 남의 사정에 잘 휩쓸린다고, 중학생 때도 "또래 애들이 수학여행 갔다 죽은 일"에 몇 달이고 혼이 나간 양 굴더라고 했는데 사촌 동생 나름으로는 양친에게 티 내지 않았다고 생각했으므로 깜짝 놀랐다. 그때 엄마도 함께 뉴스를 보고 며칠 밤을 울었으면서도 마음 한구석으로는 더는 영향받지 말고 이쯤에서 끊어낼 일이라 생각했던 걸까?

결국 사촌 동생이 직접 큰이모와 통화해도 상관 없다고 나섰다. 사촌 언니의 죽음이 무섭지는 않았다. 어머니가 자신부터 걱정한다는 사실은 무서웠다. 장례 사흘간 함께 밤을 새며 큰언니를 껴안고 내내 울었던 어머니는 그러면서도 죽은 아이의 이야기로부터 자기 딸을 분리하고 싶어 했다. 사랑이란 타고나길 폭력적이라 때로는 부끄러운 핑계도 남을 상처 입히는 일도 주저하지 않는다.

그 깨달음에 몸서리치며 큰이모와 통화했지만 사실 사촌 동생은 죽기 몇 주 전 사촌 언니와 만났을 때 어떤 유별난 느낌이 들었는지 도무지 떠올릴 수 없었다. 취직하고부터 사촌 언니는 종종 불쑥 사촌 동생을 찾아와 밥을 사주고 시시콜콜한 잡담을 나눴다. 사촌 동생이 마침 큰집에 들른다고 하자 재밌어하며 웃었지만 해야만 하는 일이 있어서 같이 갈 수는 없다고 했다. 둘은 사촌 언니가 산 우동과 치즈돈가스를 나눠 먹었고 카페로 걸어가 또 비엔나커피에 올라간 크림을 나눠 맛보면서 사촌 동생이 주로 고민을 말했고 사촌 언니는 들었다. "생각해보니 언니는 자기 이야기를 하기보다는 항상 들어주는 편이었어요……" 말하다가 사촌 동생은 가슴을 찌르는 부끄러움과 슬픔을 느꼈고 지금 자기가 울면 안 된다는 안간힘으로 겨우 입술을 깨물었다. 기억을 더듬어보니 큰이모에게 들려줄 만한 이야기는 결국 하나뿐이었다.

"언니가 봉투를 줬어요. 제가 이따 엄마 심부름하러 큰댁에 들른다고 하니까, 그럼 자기 방 책상 서랍 안에 조용히 넣어달라면서. 그대로 넣어두긴 했는데 뭔지는 모르겠어요. 봉투 안은 안 봤거든요."

"책상 서랍 어디에?"

"세 번째 서랍 안에, 노트들 사이에 끼워뒀어요. 누가 보면 안 될까 봐 감춰두고 왔어요."

"왜 보면 안 될 것 같았니?"

"그냥 언니가 말없이 넣어두라고 당부해서요. 비밀이라고 생각했던 게 지금 생각났어요. 봉투 안은 안 봤어요."

사실 그것마저도 완벽한 진실은 아니었다. 큰이모는 죽은 딸의 흔적을 새로이 알게 되리라는 기대는 애초에 없었다는 듯 서둘러 전화를 끊었다. 만약 큰이모가 더 캐물었다면 금방 이실직고했을 텐데. 사촌 동생은 그렇게 스스로에게 거짓말을 했지만 믿지는 않았다. 사촌 언니가 건네준 봉투 속 바스락거리는 내용물은 종이로 한 겹 싸여 있긴 했어도 쥐어보면 짐작하기 쉬웠다. 돌아가는 버스 맨 뒷자리에 앉아 사촌 동생은 주변 몰래 봉투를 열고 지폐를 헤아려봤다. 모두 만 원짜리로 은행에서 갓 뽑은 것은 아닌지, 낡았거나 접힌 부분이 헤졌거나 했고 테이프로 붙여둔 지폐도 있었다. 전부 합쳐 백 장이었다. 이걸 왜 나한테 맡겼을까? 봉투를 건네줄 때 사촌 언니의 표정이 어땠더라? 이걸 누구에게 주라고 꼭 집어 당부한 건 아니잖아. 그냥 서랍에 숨겨두라고만 했지 목소리도 대수롭지 않았던 것 같은데. 어떤 서랍? 하고 묻자 그냥 네가 아는 책상 서랍, 하고 말을 돌렸지.

어릴 적 친척들이 용돈을 나눠주면, 대개 나이 많은 사촌 언니가 사촌 동생보다 더 많은 액수를 받았다. 사촌 동생이 실망하면 몰래 만 원을 한 장 빼 찔러주기도 했다. 자라면서 사촌 동생은 종종 사촌 언니의 시집이나 안경닦이, 쓰다 만 면세품 립스틱 따위를 빌리고 돌려주기를 자연히 잊어버렸다. 책상 서랍 속에서 잠든 백 장의 돈은 어디 바로 쓰이기에는 너무 낡고 허름해 보였다. 한 장쯤 빠져도 전혀 티가 나지 않을 것 같았다. 아니, 다 핑계다. 변명은 일단 봉투를 서랍에 넣고서야 더해졌고 만 원 한 장을 빼낼 때는 별 생각도 느낌도 없었다. 너무 쉬운 일이었다. 금방 다시 만 원을 봉투에 넣어 온전한 100만 원을 만들 수 있을 정도로. 굳이 그러지 않았을 뿐이다. 소소해서 누구에게도 털어놓기 어려운 마음의 짐이 될 줄도 모르고 말이다.

통화하던 중에 큰이모는 울기 시작했다. 목소리 톤은 그대로였고 흐느끼는 소음이 섞이지도 않았지만 숨소리로 알 수 있었다. 울고 있는 큰이모에게 제가 언니의 만 원을 가져갔다고, 죄송하다고 말할 수는 없었다. 사실은 돈다발을 감싼 종이 안쪽에 누구누구의 이름과 메시지가 몇 줄 쓰여 있었던 것 같은데 내용이 긴가민가하다고 솔직히 말하려면 먼저 봉투를 열어봤다고 인정해야 했고 그럼 큰이모가 봉투 속 돈을 헤아린 다음 물어볼 터였다. "액수가 이게 맞니?" 누가 봉투에 100만 원이 아닌 99만 원을 넣어두겠는가. 잡아떼지 않으려면 침묵할 수밖에 없었다.

　　침묵했지만 때 묻고 주름진 스스로에게 실금이 가 자신의 슬픔이 조금씩 새어 나오지 않았나 싶었다. 별로 태연하게 굴지도 못했지만 그래도 그런 엉거주춤한 자세로 계속 살아갔다. 나 같은 애들도 사는데 왜 어떤 사람들은 그렇게 되고 또 어떤 사람들은 그런 선택을 스스로 할까? 내가 그렇게 나쁜가? 아니라면 나는 누구에게 이토록 미안한 걸까?

　　사실 사촌 동생의 모순된 심리는 자책하면서도 자기 보호를 우선하는, 소소한 잘못을 저지른 다른 모든 사람과 다름없었다. 즉, 보편적이고 평범했다. 살아가려면 스스로를 용서해야 한다. 인정받고 싶었던 고유

함이 기실 여느 인간들이라는, 높은 바위산을 뒹구는 보잘것없던 자갈돌이었던 셈이다. 개중 남다른 돌은 빛나게 닦여 간직되겠지만, 많은 돌은 누구도 보거나 손대지 않고 산의 그늘진 골짜기에서 버려진 채 뒹군다. 정말 돌이라면 뭐 그래도 상관없다. 하지만 사촌 동생의 교복 가슴에 내내 노란 매듭 리본 배지를 달게 한 이들에게는 구체적인 얼굴과 이름이 있었다. 그리고 그 앞과 뒤의 죽은 이들에게도 또 그들을 기억하려고 삶속에서 몸부림치는 이들에게도 말이다. 인류라는 거대한 바위가 부서진 파편에 불과하대도 자갈돌들은 각각 존재해. 전체의 일부가 아니야. 여전히 어렸던 사촌 동생은 이런 생각에 골몰하다가 또 자신의 거창함과 진부함에 몸서리치기도 했다. 어쨌거나 가까운 이의 죽음이란 매끄럽게 정리될 수 없는 사건이었다. 생각은 갈피를 못 잡고 자주 비틀거렸다. 책가방에 단 추모의 매듭리본 키링이 색깔별로 자꾸 늘어났다. 그리고 사촌 언니가 혼자 죽어버렸다는 사실은 변치 않고 고스란히 남아 있었다.

　　　　그 만 원은 훔쳐놓고서 정작 바로 쓰지는 못했

다. 대학 입학 기념으로 받은 지갑 안에서 친척들이 선물한 다른 지폐들과 뒤섞였다. 사촌 동생은 스스로를 좀 비웃으며 현금을 차츰 털어 썼다. 가두시위 중 노란 매듭 리본과 주먹밥을 나눠주던 광장 부스에 기부했다. 시위란 평범한 자갈돌들이 부딪히면 얼마나 요란한 소리를 낼 수 있는지 알려주는 기막힌 경험이었다. 빈 무릎 아래를 고무판으로 감싸고 우아하게 가부좌를 튼 채 공원 한가운데서 피리 불던 노숙자에게 헌금했다. 어느 날엔가는 자신이 사촌 언니가 돈을 썼을 만한 일들에 관심을 기울인다는 자각에 소름이 쭉 끼쳤다. 잔돈은 대학도서관 옥상의 애꾸눈 고양이에게 먹일 약과 사료를 사는 데 써버렸다. 털 알레르기가 어느 순간 나았는지 고름딱지 앉은 고양이 앞발을 어루만져도 가렵거나 아프지 않았다.

거부감 탓에 스스로에게 돈을 쓰지 않았을 뿐인데, 남 몫을 우선하고 자신은 돌보지 않는 고집이 사촌 동생을 별종으로 보이게 했다. 기뻐야 할 때 어리둥절해하고 나쁜 소식을 차분하게 맞아들이는 태도가 주변인을 당혹스럽게 만들곤 했다. 사촌 동생은 경사는 연락받고도 무심했으나 온갖 조사에는 애써 참석했다. 안

면도 없는 대학 선배 어머니의 장례를 보려고 왕복 세 시간 거리를 달려가 엉엉 흐느꼈다. 심지어 식장 양옆에 있는 낯모르는 이들의 영정에도 절했다. 나이 든 몇몇 이들의 장례식에서는 자연히 지인들이 식탁에 둘러앉아 호상이라고 두런두런 이야기했다. 그럴 때 끝자리에서 고개를 숙이고 육개장을 퍼먹던 사촌 동생이 스스로 낯을 붉히면서도 못 참겠다는 듯 쏘아붙였다는 소문도 돌았다.

"호상 같은 건 없어요! 적어도 남이 판단해서 할 말이 아니에요!"

팬데믹 공표 무렵이라 가까운 이를 병문안하거나 문상하기도 꺼려하던 때였다. 누가 시킨 일도 칭찬해줄 일도 아니었다. 신체 단련뿐 아니라 사회적 저항으로서의 운동에도 발 들인 사촌 동생은 복싱 티셔츠를 껴입고서 축하할 자리보다는 울거나 싸워야 하는 자리에 얼굴을 더 자주 비추기 시작했다.

오지랖 넓어 뵈는 상대일수록 기피하는 사람도 많아지는 법이다. 사촌 동생은 속마음을 잘 드러내는 타입도 아니었다. 가만히 있다가 말을 갑자기 엄청나게 쏟아내고 또 그런 스스로에게 놀란 듯 입을 다물어버리곤 했다. 몇몇은 사촌 동생이 비굴하리만치 상냥하다고 생각했고 몇몇은 사촌 동생이 무례하리만치 곁을 주지 않는다고 말했다.

"나는 네 마음을 알겠는데."

그 두 가지 모습 다 마찬가지로, 사람을 곁에 두고 싶지 않은 고독에서 기인하는 거라고, 사촌 동생에게 고백한 남자아이는 말해주었다.

"너는 사실 딱히 남한테 관심이 있는 게 아니야. 그냥 자기가 당하기 싫은 일을 남한테도 안 하려는 거야. 그러니까 자기한테 함부로 가깝게 구는 사람하고는 못 친해지지. 그런데 또 자기 같은 사람이 좋으니까, 닮은 사람끼리는 또 거리를 둘 수밖에 없는 거야."

자기 마음을 꿰뚫는 말이 날아왔을 때, 사촌 동생은 문득 그 남자아이를 새롭게 다시 보았다. 다리를 달달 떨고 시시때때로 못 참겠다는 듯 피식거리는 애였다. 사촌 동생은 그때껏 그 애가 경박해서 자꾸만 거슬린다고 여겼는데 구르는 돌 하나가 바위산에 산사태를 일으키듯 마음이란 미묘한 균형의 변화만으로 흔들릴 수 있는 것이었다.

알고 보니 고백한 남자아이는 사촌 동생과 썩

닮았다고 할 수는 없었지만, 친누나의 자살을 겪었다. 여느 때처럼 시시껄렁한 하교 중 누나가 메시지를 보냈다. '안녕! 이게 마지막은 아닐 거야.' 남자아이는 방문을 열고 들어가 이상한 자세로 뻣뻣하게 웅크려 있는 누나를 목격한 이야기를 하면서 제 손으로 입을 틀어막았다. 발작적으로 꺽꺽 새어 나오는 웃음을 막기 위해서였다. 아무것도 웃기지 않았고, 그 애도 알았지만, 웃고 싶어서 웃는 게 아니었다. 대학을 졸업하면 이제 그 애는 누나보다 나이 많은 남동생이 된다. 누나는 왜 하필 사이좋던 동생이 자신을 발견해주길 바랐던 걸까? 새벽 네시 무렵 둘만 남은 밤거리의 4차 술자리에서 마침내 웃음을 멈춘 남자아이는 편의점 테이블 위 빈 소주병을 응시하며 지친 듯 털어놓았다.

"나는 누나랑 존나 싸우고 싶어. 누나를 이겨먹고 싶어. 가끔 허공에다 누나한테 주먹질하는 연습도 해. 그러니까 누나가 날 쓰러뜨리러 찾아올 수 있다면 좋을 텐데."

둘은 사귀다가 헤어지고 결국 또 사귀며 서로와 씨름했다. 그 지난한 기간 상대의 온갖 치사함과 비열함을 발견했고 다시 그것을 서로 용서하고 용서받았다.

우리는 좀 망가졌어, 사촌 동생은 생각했다. 그런데 문제는 망가진 채 낫고 싶지가 않다는 거야. 서로를 도우려 애쓰지 않고 그냥 곁에 있는 걸로 족해. 둘은 울면서 웃으면서 나중에는 뭐 그런 사소한 것까지 죄책을 느꼈나 갸웃하기도 하면서 각자 마음에 맺힌 응어리를 천천히, 오래도록 녹였다. 어린 시절 사촌 언니처럼 자라고 싶었던 여자애는 자라면서 어딘가로 사라져버렸다. 그렇다면 그 여자애도 죽어버렸다고 할 수 있을까.

사촌 동생은 남자 친구에게 어디선가 읽은 이야기를 들려주기도 했다. 가족을 예기치 않게 앞서 잃은 슬픔은 세월이 흐르는 동안 바윗덩이에서 주머니 속 조약돌 크기로 깎여나간다. 한동안은 슬픔에 심신이 짓눌리고 숨 쉬기도 버겁다. 오랜 시간이 흐르면 늘 갖고 다닐 만한 크기로 줄어들고 주머니에 넣어 감출 수도 있다. 다만 아무리 작아져도 그 무게를 느낄 수 있으며 결코 사라지지 않는다.

"그래도 작은 돌이라면 등 뒤로 던져버릴 수도 있다고 생각해. 비겁한 게 아니라, 스스로를 위한 용기를 내는 거지."

사촌 동생은 스스로도 돌을 던져버릴 생각이 없

었지만 그렇게 위로 아닌 위로를 해주었다. 고양이 장난감 요요를 손에 쥐고서, 도서관 옥상 구석 박스에 담긴 새끼 고양이와 나란히 앉아 놀아주던 오후였다. 작고 동그란 요요가 손안으로 되돌아오자 사냥감을 놓친 녀석이 캬르릉 울었다. 팬데믹 격리로 텅 빈 학교에서 홀로 새끼를 낳은 애꾸 고양이는 잘 버텨내지 못했다. 꼬물거리던 다섯 새끼 중 한 마리는 기생충 감염으로 죽고, 세 마리는 입양됐고, 불에 그슬린 것처럼 새까맣고 콧잔등만 허옇게 부스스한 한 마리만 남았다. 볼품없고 사나운 녀석이었다. 곁에 앉은 남자 친구가 피식 웃었다.

"걔를 데려가도 좋을 거 같아."

"말도 안 돼." 사촌 동생은 얼른 고개를 저었다. 자신이 뭘 바라는지 금방 알아차리는 남자 친구가 좋아서 얄미울 정도였다. "난 털 난 동물을 키워본 적이 없어. 얘를 평생 책임질 수 없을지도 모른다고."

"해보지 않고는 모르잖아. 일단 키워봐야 키워본 사람이 되는 거 아냐?"

사촌 동생의 가슴이 기쁨으로 아파왔다. 때와 장소에 알맞게 이해받고 어루만져질 때마다 어쩔 수 없이 기쁘지, 나는 살아 있으니까, 사촌 동생은 다시 한 번 요요를 던지면서 생각했다. 요요를 움켜쥔 고양이의 목덜미를 잡아 소중하게 쥐었다. 남자 친구가 손가락 하나로 살며시 고양이의 목덜미를 긁자 녀석이 눈을 반짝이며 작게 울었는데 혓바닥이 촉촉하고 까슬까슬했다. 바람이 불고 교정의 키 크고 잎 넓은 나무들이 인사하듯 흔들리고 그 아래로는 학생들이 웃으며 뛰어가는 이 풍경과 복숭앗빛에서 산홋빛으로 드넓게 타오르는 해 질 녘의 하늘이 함께 환히 마음에 새겨지는 것을 사촌 언니가 용서해주었으면 했다. 살아 있는 나날이라는 선물을 누리는 동안 죽은 이에 대한 기억은 차츰 줄어들어갈 것이다. 안녕! 하지만 물론 그게 마지막은 아닐 테지.

사촌 언니를 얼마나 좋아했는지 떠올릴 때마다 함께 상기할 수밖에 없었던, 훔친 지폐 한 장의 사정을 영원히 혼자서 품지 않고 털어놓을 상대를 찾아 다행이라고 사촌 동생은 진심으로 생각했다.

가을 오후 납골당에서였다. 특별한 날이라기보다는 여러 날 사람도 못 보고 틀어박혀 나가지도 못하는 일이 지겨워서 집을 나섰다. 꽃을 사 버스를 갈아타고 납골당에 들렀다. 마스크 쓴 일꾼들이 웃자란 나뭇가지를 베고 있었다. 여름철 무성해진 언덕을 갓 제초했는지 언덕을 오르는 내내 짓이겨진 풀 냄새가 코를 찔렀다. 그늘진 실내로 들어서자 어떤 젊은 여자가 사촌 언니의 영정 앞에 뻣뻣한 자세로 웅크려 앉아 있었다. 미동 없이 고개를 숙인 채라 길고 구불거리는 머리칼에 가린 얼굴이 보이지 않았다. 남자 친구가 말했던 이상한 자세가 바로 저런 거였나? 사촌 동생이 잠시 놀라 굳은 동안 고개를 양팔 사이에 묻고 있던 여자가 머리를 개처럼 털더니 삐걱삐걱 일어섰다. 여자의 다리 사이에서 육포를 문 길고양이가 튀어나와 한 차례 당돌하게 울더니 복도를 달려 나갔다.

"지난번에도 본 고양이인데, 이젠 저를 알아보더라고요. 납골당하고는 안 어울리지만 먹이를 사 오는 버릇이 들어버렸어요."

"어쩐지 빈 캔이나 봉지 같은 게 자주 보인다고 하더라고요. 그런데 언니도 좋아할 것 같아요. 자기보다도 동물에게 먹이를 주는 걸."

"동생이에요? 어린 남동생만 있는 줄 알았는데."

"저는 사촌 동생이에요."

"얼굴이 좀 닮은 것 같기도 하고."

"별로 안 그래요." 반사적으로 부정한 사촌 동생
은 잠시 생각하다 덧붙였다. "어릴 때는 닮았다는 이야
기를 들었네요. 그런 이야기를 들으면 기분이 좋았고."

"그럼 내가 당신 어릴 때 얼굴을 알아봤나 봐요."

고양이 먹이 주던 여자는 사촌 언니와 절친한
친구 사이랬다. 다리를 다친 적 있는지 조금 절뚝거리
면서 걸었다. 별 이유는 없고 간밤 꿈에 나와서 납골당
에 들렀다고 했다. "빚진 돈이 있어서 꿈에 나오는 걸지
도 모르고요." 사촌 언니가 친구들 앞으로 봉투에 현금
을 약간 남겼는데 최근에야 전달받았다고 했다. 어떻게
할까 하다 올해 봄 다녀온 여행에 보태 썼다고. 액수가
100만 원이었던가?

"그거 사실 99만 원일 거예요."

"네? 어떻게 알아요?"

"왜냐하면 제가 그 봉투를 사촌 언니에게 받았
거든요."

이렇게 갑작스레, 엎어지거나 떠밀리듯 만 원
이야기를 하게 될 줄은 몰랐다. 하지만 사촌 동생의 등

을 밀어주고 있는 것은 마음속 압력뿐 아니라 시원한 바람이기도 했다. 아까 뛰어나간 고양이의 기세에 뒤처지지 않겠다는 마음으로. 사촌 동생이 도둑질을 고백하고 입을 다물자, 고양이 먹이 주던 여자는 마스크를 턱까지 내렸다. 깊게 숨을 골랐다. 그리고 마주친 뒤 처음으로, 입꼬리만 올리는 게 아닌 정말로 온 얼굴로 활짝 드러나게 웃었다.

"그 이야기 해줘서 고마워요. 만 원 빼 가서 저는 오히려 잘 됐다고 생각해요. 100만 원인 것보다 99만 원인 쪽이 더 딱 맞아떨어지는걸요."

"네?"

"100만 원이 아니라 99만 원이라서 오히려 더 편리한 때도 있거든요. 세 명이 공평하게 나눠서 가져야 할 때요."

둘은 납골당 근처 작은 공원 벤치로 가 앉았다. 짙은 나무 그늘 아래로 매미 허물들이 가득한 자리였다. 이번에는 고양이들이 가까이 오면 발을 굴러 쫓고 육포를 멀리 던져줬는데, 참새들이 벤치 근처에서 뛰며 흙바닥을 쪼고 있어서였다. 산새와 풀벌레가 울고 나뭇가지 사이로 들어온 햇빛이 흙길에서 풀밭까지 드리워지는 가운데 99만 원으로 짧은 여행을 다닌 이야기를 했고 이야기를 들었다.

사촌 동생은 몇 번 질문을 했다. 사촌 언니의 친구는 이야기를 하다가 등에 맨 배낭을 뒤적이더니 표지에 파란 바다가 그려진 노트를 사촌 동생에게 꺼내 보여주고 읽게 했다. 여행 중 부산에서 쓴 글이라고 했다. 사촌 동생이 노트를 읽는 동안 이야기는 차츰 띄엄띄엄 늘어지면서도 말하는 사람끼리는 엮인 맥락을 아는 대화가 됐다.

"저는 만 원 빼간 이야기를 누구한테도 안 하려고 했어요. 쪽팔리기도 했고 나중에는 처참하다는 기분이 들었어요. 별것 아닐 수도 있긴 한데, 별것 아니라서 털어버릴 수 없었고 이제는 그게 제 일부가 되어버린 것 같아요."

"힘들었을 수도 있겠다. 그래도 이제는 좀 짐을 덜어요. 어쨌든 우리한테는 잘 된 거잖아요. 저는 개를 업자에게 보냈다는 이야기를 듣고 깜짝 놀랐어요. 저도 친구에게 어릴 적에 키운 개들 이야기를 들었거든요."

"쓰신 이야기에도 처음부터 개가 나와서 깜짝 놀랐어요, 진짜."

"그런데 정작 우리는 둘 다 개를 키운 적 없다는 것도."

"이유도 비슷할 거 같아요. 내가 맞혀볼게요. 왜냐하면……."

처음 만난 사이인데도 둘은 많이 이야기했다. 닮은 사람들끼리면 첫눈에도 나누게 되는 종류의 격의 없는 대화였다. 말하는 동안 풀 냄새 실은 바람이 불어 땀이 밴 둘의 이마 위 머리칼을 헝클었고 아직은 푸르른 나뭇잎 틈새 햇살이 크림 얼룩처럼 노트에 번졌고 대단치도 않은 주위 풍경의 감각이 생생했다. 잘려서 쌓인 나뭇가지 더미 위로 개미들이 매미 사체를 끌고 부지런히 건너갔다. 사촌 동생과 고양이 먹이 주던 여자는 서로의 눈을 마주봤다. 바로 이런 대화를 예전에도 죽은 사촌 언니와 죽은 친구와 나눠왔다는 사실을 둘 다 말하는 동안 의식했고 그건 세 번째 사람이 거기에 부재함으로써 있는 것이었다.

삼각주

제주도

여행길에서 뒤척거리면 꿈자리도 나쁘기 마련이다. 낮에 열차에서 본 맹인안내견이 네 편지를 물고 가버리는 꿈을 꿨다. 크고 털이 흰 개로 어둑한 길 저편에서부터 나를 쫓아왔다. 횟집에서 나오다 시선을 느껴 돌아보자 개가 내게 인사하듯 꼬리를 흔들었다. 꿈속의 털이 부스스한 개는 유기견으로, 떠돌이 생활로 단련된 마른 근육질이었다. 내가 휠체어를 몰고 나서자 따라 걸었다.

　　오래전 너와 여행한 제주도 세화의 인적 드문 해변 길이었다. 처음에는 개가 외투에 밴 고기 냄새를 맡고 날 쫓아오나 여겼다. 횟집에서 나오면서 왜 흑돼지를 구워 먹었다 믿었을까? 꿈이니 그랬겠지. 꿈인 줄 모르니 그랬겠지. 우리가 여행했을 때는 항공편이 싼 겨울 비수기였고, 기름이 튀건 말건 외투도 안 벗고 태워서 맛도 없는 돼지고기를 허겁지겁 먹었지. 꿈속 나는 혼자인데도 너와 여행 온 스무 살 어린애라고 스스로 굳게 믿고 있었다. 꿈꿀 때 이런 모순을 자각한 적이 없었다. 내 꿈은 자주 막다른 길이 가득한 얼치기 미로였고, 나는 그런 꿈보다도 허술한 보행자였다.

　　개는 뛰지 않고 땅을 차듯 타박타박 걷는데도 쉽게 나를 따라잡았다. 텅 빈 길에는 우리 둘뿐이었다. 나는 원래 느리게 걷는 편이기도 했지만 꿈에서는 어째 휠체어까지 탄 채였다. 직접 조종 가능한 전동 휠체어였으나 울퉁불퉁한 인도에서는 속력을 내기 어려웠다. 길은 나아갈수록 길어졌고 또 길게 느껴졌다. 나는 어떻게든 도망쳐보려 용을 썼다. 외투 주머니에 정말 중요한 편지가 있으니까. 바스락거리는 편지지에는 다리 불편한 내가 온갖 불편을 감수하며 제주도까지 와야 했던 이유가 적혀 있다. 숙소로 돌아가 편지를 읽어야 하는데. 빼앗기면 안 되는데.

개는 나를 절대 앞서지 않고 뒤따라오기만 했다. 빨간 목줄은 매듭이 낡고 닳아 이름 적힌 자리가 희미해진 지 오래였다. 어릴 때 채운 목줄인지 굵어진 목을 파고들 듯 옥죄고 있었다. 주인은 어디 갔을까? 나는 한 번도 개를 키운 적 없다. 어릴 때는 막연히 반려동물에 환상이 있었지만 엄마가 반대했다. 엄마는 음식점 장사로 바빴고, 집 안을 더럽히는 건 딸자식 하나로도 족하다 여겼다. 그때는 엄마가 늘 화났지 싶었다. 젊을 적 친척 집에 일하러 온 엄마는 한국말을 눈칫밥으로 익혔는데 식당에서 듣는 말이란 대개 억양만으로도 빤한 비하와 멸시였다. 동물 이야기라도 꺼내면 엄마는 주방을 돌아다니는 쥐부터 머리털 난 짐승까지 얼마나 당신의 인내심을 시험하는지 거나하게 불평했다. 엄마는 중국 음식을 먹으러 와서 중국을 욕하는 사람들에 대해 투덜거렸다. 한국 스스로가 해맑게 추앙하는 국민적 배타성에 대해 투덜거렸다. 너희를 낳아버린 탓에 기르고야 있고 돌봄이라는 게 하면 할수록 느는 솜씨라지만, 맹하고 멍한 네 몰골을 보면 커서 자기 앞가림이

나 할지 모르겠다고 투덜거렸다. 과연 독립해보니 나는 화분 속 봄날 꽃핀 수선화마저 시들게 하는 부류라, 뭘 데려오든 제대로 돌보지 못했을 거라 납득했다.

　돌보려면 돌아봐야 한다. 돌아보려면 기억해야 한다. 나는 독립하면 마음대로 꽃을 키우고 커피를 끓이고 너와 밤새 수다를 떨어야지 생각했다. 너희 집에 초대받아 가보니 그런 부드러운 분위기가 자연스레 흘러넘쳤다. 커피콩 볶는 고소한 향과 네 어린 동생을 위한 분유 냄새가 났고 무성한 화분이 가득했으며 사랑으로 키운 개들의 사진이 거실에 걸려 있었다. 반면 내 좁은 집에서는 살리려 애쓴 것들이 죽고 싹 나지 말아야 할 것들이 싹을 틔웠다. 부산으로 여행 오기 사흘 전에는 냉장실 구석에서 상한 반찬들, 용기에 들러붙은 소스들, 퍼런 싹을 틔우고 실뿌리 뻗은 양파가 나왔다. 나는 양파라면 지긋지긋해서 언제 사서 냉장고에 넣어뒀는지도 기억나지 않는데 말이다. 자라보니 양파, 볶은 춘장, 짬뽕 국물에 둘러싸인 엄마가 왜 그것들이 없을 때도 늘 화나고 지쳐 보였는지 알 것 같았다. 외려 정작 독립한 나 스스로가 무엇에 화나고 낙담하는지는 알 수 없었다.

그러니 편지를 읽어봐야 하지 않을까. 나를 나보다도 더 잘 살폈던 네가 쓴 편지니까.

너희 집은 어릴 적부터 개를 여럿 키웠다고 했지. 사지 않고 따지지 않고 줍거나 맡아 가족 모두가 사랑으로 돌봤다고 했지. 나는 어디에나 있는 개들을 떨어져서 볼 때 보이는 만큼만 알았다. 버림받아 떠도는 개들, 여전히 사람을 따라오는 개들, 도로변에서 차에 치이겠다 싶을 정도로 알짱거리는 개들, 죽은 개를 에워싼 개들. 꿈속의 세화 해변은 제주의 밤답게 바람이 몰아쳤고 인적 없이 고요했다. 깜박이는 가로등 너머 검은 바다가 이따금 뒤챘다. 어두워 보이지 않는 바다는 극장의 무겁게 닫힌 커튼처럼 그 뒤를 상상하게 만들었다. 따져보면 개의 지저분함은 사람 탓 아닌가. 꼬리를 흔들며 사람을 쫓아오는 개를 보면 슬퍼졌다. 거리를 둔 막연하고 고상한 슬픔이었다. 쫓기는 사람이 내가 아니었다면 이 개의 기댈 곳 없는 친밀함을 감상하듯 내려다보며 슬퍼했을 것이다.

개에 대해 너무 오래 생각하는 일은 위험했다. 식당부터 숙소까지는 세 블록. 나는 헐떡이며 차도를 가로질렀다. 개도 나를 따라 유유히 길을 건넜다. 흥분

했는지 두툼한 꼬리를 흔들면서. 나는 점점 쫓아오는 개가 두려워졌다. 터무니없지만 개가 나를 밀어붙여 짓 누르고 욕설을 퍼부을 것 같았다. 숙소까지 왜 이렇게 멀까? 회인지 돼지고기인지를 먹을 때는 휠체어를 타 고서도 산책하기 적당한 거리 같았는데. 그러나 개가 끈질기게 쫓아오자, 인적 없는 길만큼이나 묘하게도 저 개의 안위를 걱정하는 마음도 자라났다. 개가 덤비면 어쩌지? 갑자기 차가 나타나 개를 치면 어쩌지?

개는 내 빈약한 선택지 안에서 움직였다. 콧잔 등과 반가운 듯 벌어진 입안 혀의 축축함이 느껴졌다. 내가 두려워하던 욕설이나 울부짖음, 폭력은 없었다. 녀석은 내 굳은 다리에 코를 디밀고 난폭할 만큼 다정 하게 문질러댔다.

외투 주머니에서 주운 돌이 잡혔다. 소리치며 도 로 저편으로 던지고서야 돌이 하얗게 빛났다는 걸 깨달 았다. 편지도 함께 던져버린 것이다. 개가 멈칫했다. 나 는 뒤도 돌아보지 않고 바퀴를 굴러 숙소로 도망친다.

눈 깜박이자 짧게 어두운 천장이 보였고 (졸려) 이불 밖으로 나온 발끝의 한기를 느낀 다음 순간 5층 숙소 방 안이었다. 휠체어 거동의 불편함 따위는 아무것도 아니란 듯 간단한 이동이다. 실제로 내가 발목을 접질려 지난달까지 깁스를 했을 때는 거동이 전혀 간단하지 않았다. 다리를 다치고 하필 회사 앞 지하철역 에스컬레이터가 수리에 들어가, 나는 절뚝거리면서 400미터나 떨어져 있어 8차선 도로를 가로질러야 나오는 엘리베이터를 타거나 계단을 오르내려야 할 상황에 놓였다. 나는 매일 무심히 오가던 계단 난간을 움켜잡고 기다시피 출퇴근했다. 어느 진눈깨비 내린 저녁에는 미끄러져 놓친 목발이 무심히도 겨우 올라온 역사 아래로 굴러떨어지고 말았다. 나는 손발로 더듬더듬 기면서 계단을 내려가야 했다. 행인들은 쩔쩔매는 나를 무심히 보아 넘기며, 아니 보지도 않고 보이지도 않고 그러니 존재하지 않는다는 양 점잖고 무감하게 지나쳤다.

　이런저런 일을 떠올리자니 꿈에서조차 마음이 갑갑해져 이불을 걷어찼던 모양이다. 덜 나은 발목이 쑤셨을 수도. 한기가 밀물처럼 발등을 훑어 간질이고 (추운데) 나는 꿈이 내 등을 밀어붙이는 데 어리둥절해하지도 않고 나아간다. 꿈의 나는 개를 피했다는 데 마냥 안도한다. 휠체어를 탄 채 스르르 욕실로 들어간다. 다친 털투성이 다리를 조심하며 씻는다. 김 서린 거울

속에서 짧은 머리에 그을린 얼굴이 눈 깜박이며 날 마주 봐 제풀에 깜짝 놀란다. (뭐야.) 내가 눈을 깜박였어. 동그란 눈의 수염 난 이 아저씨는 대체 누구야? 나는 내가 모르는 얼굴로 창백해져 있다. 일단 이것은 이상하다고 인식하고 나면 꿈이 각질처럼 부스러진다. 근지럽고 두근거렸다. 이불 밖으로 나온 시린 발등을 문지르며 막 인상 찌푸렸다. (지금 몇 시야?) 가장자리부터 바스러지는 꿈은 세부 사항의 재현에는 끝내 부주의했다. 휠체어를 끌고 욕실에서 나오자 네가 우스꽝스러운 파자마를 입고 침대에 오도카니 앉아 있었다.

여기가 내가 밀려온 꿈의 막다른 골목. 집에서 챙겨온, 바나나와 원숭이가 그려진 파자마를 입은 스무 살의 네가 앉아 있다. 내가 잠옷을 보고 막 웃자 비웃지 말라고 화내면서 너도 그만 웃어버렸고, 덜 마른 머리칼에서 물방울이 웃음소리를 따라 둥글게 굴러 원숭이의 붉은 뺨마다 맺혔다. 여기서 너는 하얗고 무표정한데도 아팠을 것 같다. 웃음기 없이 나를 오도카니 보는 네 얼굴이 기억 속 웃는 얼굴과 충돌한다.

이건 아니지.

잠든 내 안팎을 푹 채운 꿈이 뭐든 쉽게 할 수 있

대도 이것만은 아니지.

화들짝 놀란 제정신이 내 팔꿈치를 잡고서 잠 깨기 직전의 누구도 아닌 사람이도록 끌어놓았다. 의식 이 마구 진동해 전동 휠체어와 무릎에 놓인 두툼한 손 같은 것이 잠시 이상했고 당연했다. 나는 휠체어를 탄 남자였고 너를 잘 모르는데 네 얼굴을 보자마자 죽고 싶었다. 너의 우스꽝스러운 파자마와 입관 전 본 뺨의 혈색, 익숙한 양쪽의 기억이 충돌했다. 나는 벼락 맞은 듯 일어섰다. 현기증 속으로 추락했다. 네 손을 잡고 싶 었다. 십 년은 익히 본 저 흰 손을 왜 지금 꼭 잡아야 한 다는 마음이 들지. 저 손이 왜 생생한 표정으로 움직이 지. 내가 마지막으로 봤을 때는 녹은 촛농처럼 잠자코 가슴에 얹혀 있었는데.

이불 밖으로 나온 맨발이 펄떡였고 개가 등 뒤 에서 솟아올랐다. 나는 어금니를 악물고 낑낑거리며 신 음했다. 개는 편지를 물고서 따라오라는 듯 눈을 깜박 였고 하지만 세상이 무너지는 차였고 다시 눈을 깜박이 자 눈물이 구르는 볼은 확실히 내 볼이었다.

아니, 나는 너를 꿈에서 보고 싶지 않았다. 꿈에 서 너를 만난 것으로 나 혼자만의 위안에 기대고 싶지

않았다. 멋대로 꾼 꿈을 통제하지 못했다. 숨을 깊이 들
이쉬고 내쉬었다. 이 세상으로 돌아오는 데 호흡이 몇
번 필요했다. 나는 남자도 아니고 휠체어도 타지 않고
제주도가 아닌 부산에 여행을 왔어. 혼자서. 누워 있다
가 핸드폰을 확인했다. 새벽 네시였다. 각각 여행을 떠
난 친구 둘에게 연락이 와 있었다.

　　— 부산은 도착 잘 했어?

　　— 벌써 도착해서 자나 봄. 학생 때도 맨날 잤잖아.

　　— 밥 사진이라도 좀 올려라. 안 먹었음 좀 먹고.

　　— (생선 정식 사진)

　　— 닌 그만 좀 자랑하고.

　　— 잘 봐라. 아까 그건 고등어회고 이건 갈치구이임.

　　　　넌 저녁 뭐 먹었어?

　　　　인천은 차이나타운인가.

　　— 아직 못 먹음. 나도 제주도 갈걸.

　　— 야식 먹어. 자는 애 몫까지 챙겨 먹어.

　　　　고량주도 마시고.

답장하지 않았다. 시간도 늦었고, 어차피 넷이

모인 단체 채팅창에서 읽지 않음 표시 1이 사라지는 일은 없으니까. 호텔 벽 너머 어딘가에서 멀리 개 짖는 소리가 났다. 개꿈이야. 도로 가빠지는 숨을 깊이 들이쉬고 내쉬며 오래전 상담에서 배운 인지 공략 방법을 떠올렸다. 실행하기 벅찬 일의 과정을 3단계로 쪼갠다. 그리고 천천히 나눠 행한다. 침대를 벗어나기 어려우면 우선 기지개를 켜고, 일어나 앉고, 발로 바닥을 디뎌보자는 식으로. 제대로 되지 않으면 그냥 숫자를 되뇐다. 하나 둘 셋. 하나 둘 셋. 애써 뱃속 깊숙이까지 숨을 깊게 들이쉬고 내쉬며, 심신의 풍랑 속에서 내 좌표를 대략이나마 확보하려는 안간힘으로.

1. 수면 패턴은 환경보다는 타고난 체질에 좌우된다.
2. 나는 어릴 때부터 낯선 장소에서 늘 얕게 잠들고 자주 깼다.

1. 어떤 이들에게는 사후 세계엔 안식이 있다는 약속이야말로 위안이다.
2. 그러니 자기 꿈의 아름다움을 도취 없이 감동하며 믿을 수도 있다.

　　밖에서 다시 개 짖는 소리가 들렸다. 허탈한 안도감에 도로 베개에 머리를 묻었다. 나는 끝내 편지를 읽지 못할 것이다. 꿈은 증폭되는 거울처럼 매번 결정적 순간을 미루며 나를 현현과 무관한 흐름으로 반복시켰다.

3. 약이나 먹고 다시 눕자. 여행 와서까지 술 먹지 말고.	3. 씨발, 죽은 사람이 여기 있다면 내가 여기 있을 필요도 없는데.

　　젠장. 협탁에 둔 헨리 제임스의 소설을 마저 읽으려다 그만뒀다. 독서등을 끄고 이불을 뒤집어썼다. 다시 이불을 젖히고 반쯤 감은 눈을 똑딱똑딱 깜박였다. 그런데 개 짖는 소리가 분명 창밖이 아닌 호텔 복도에서 들리잖아. 그게 그럴 리 있나? 개가 이 건물 안 어딘가에 있다는 건가?

　　잠시 고개를 들었다가 베개에 푹 파묻었다. 미심쩍은 마음으로 도로 선잠에 들었다. 헤맸다고도 할 수 있겠다. 다시 꿈을 꾸기를 은근히 바랐지만 결국 완전히 빠지지도 깨어나지도 못하고 꿈속 나 자신의 두서없음에 대해서만 콩롱하였다. 네가 죽음을 오래전부터 고민하고 스스로 결정하였다는 것, 그런데도 남은 유서가 없다는 것. 양립하는 두 사실을 나는 받아들이고 견뎌야 했다. 차라리 꿈속 개가 내 발을 사납게 물어뜯고 편지를 빼앗았다면 좋았을걸. 내 손으로 그걸 던져버리다니.

팬데믹 상황이지만 호텔 조식은 제한적으로 운영된다고 했다. 느지막이 조식을 먹으러 로비로 내려왔는데 분명 외투 주머니에 넣어둔 카드 키를 찾을 수 없었다. 장년의 종업원은 점잖게 두 손을 모으고 서서 주머니를 마구 뒤지는 나를 쳐다봤다. 이런 멍청한 실수를 처음 해본 것도 아니었는데 어째 말이 날카롭게 나갔다.

"혹시 개가 물어 간 건 아닐까요?"

"손님, 저희 호텔은 청결을 유지하려 노력 중입니다. 개가 있었을 리가요."

"하지만 정말 복도에서 짖는 소리가 들렸거든요. 새벽에요. 그러니 개가 물어 갔을지도 모르잖아요?"

"아니, 손님. 동물과의 투숙은 금지되어 있는 걸요. 객실 주변을 찾아보게 할까요?"

"아침만 좀 먹고 제가 다시 찾아볼게요. 카드 키

없어도 식사 될까요?"

"원래는 안 되지만 어쩔 수 없지요. 객실 번호 여기 적어주시고요. 식사 맛있게 해요."

마스크를 껴 눈만 보여서일까, 종업원이 날 보며 빙그레 미소 짓는 느낌이 뭔가 수상쩍었다. 경남 사투리에 섞인 표준어 억양이 이 사람 나를 따라 하나? 놀리려는 마음인가? 골똘하게 만들었다. 쓸데없는 피해의식. 누가 정말 개를 들여왔다면, 그 개는 지금 어디서 아침을 먹고 있을까? 창을 건너 넓게 퍼지는 햇빛이 여행지에서의 아침도 꿈의 연장이라고 속삭이는 듯했다. 달콤한 냄새를 풍기는 구운 빵과 커피잔을 든 투숙객이 테이블 틈으로 바삐 오갔다. 물론 메뉴 중 흑돼지나 고등어회는 없었는데, 여기는 부산이니까. 어제는 구포역 앞에서 군만두와 오향장육을 먹고 저녁으로는 돼지국밥을 먹었지. 다 맛있었지. 하지만 꿈이 회를 먹었는지 여부에 대해 특히 소상히 묘사한 이유가 있겠지. 점심에는 자갈치역에서 회를 먹자, 결심하며 아이스커피를 마셨다. 외투 주머니에서 어제 열차에서 쓰던 얇은 노트가 나왔다. 인천 영화제에서 샀던, 파랑과 녹색이 파도의 곡선으로 휘감긴 북 커버로 싼 노트였다.

여기 개가 있네! 건너편 좌석 아래 흰 털의 안내견을 발견했다. 덩치 큰 녀석인데 출발한 지 삼십 분이나 지나도록 몰랐어. 참을성 가득하게 조용히 웅크리고 있어 바로 눈치채지 못했나 봐. 물론 안내견은 어디에나 출입할 수 있지. 하지만 자꾸 쳐다보게 돼. 저 근면한 참을성에 대해 웃으면서. 괜찮을까 조금 미심쩍어 하면서. 그 모든 마음에 대해 또 멋대로 사죄하면서. 내가 개를 오래 쳐다보니 기척을 느꼈는지 선글라스 낀 개 주인이 날 보고 미소 지었어. 진짜로! 이 사람은 자기 개를 누가 건드릴까 봐 외출할 때 얼마나 신경을 곤두세울까. 원칙적인 허용과 실질적 적용 사이의 간극은 때로 아득하다. 저기서 법이 일어날 때 여기서는 집이 불타는 식이라니까. 어떤 세 번째 항목으로 이 간극을 통합할 수 있을까? 불탄 옆집을 구경하고 돌아오면 내 집이 무너져 있는 세상에서.

말로는 환대받지만 실제로는 배제되는 많은 경우에 대한 불만을 나는 자주 너와 이야기했고 지금은 혼자 생각하고 떠들지. 전에 읽은 장애인 이동권 기사를 다시 찾아보았다. 1984년 9월 지체장애인 김순석 열사가 "서울 거리의 턱을 없애달라"*는 유서를 남기고 스스로 목숨을 끊었다. 그러나 한국

---

* "도대체 움직일 수 있는 공간을 만들어주지 않는 서울의 거리는 저의 마지막 발버둥조차 꺾어놓았습니다." 장애인차별금지추진연대 성명서.

에서 교통약자법이 시행되고도 2019년 말까지 휠체어 탑승이 가능한 고속버스가 한 대도 없었다고 한다.* 기사를 읽은 뒤로 틈틈이 그 외마디들이 보였다. 2019년까지도 O. 턱. 밥알이나 밤의 해변을 구르는 파도의 무늬를 우리가 본다고 믿을 때처럼 구체적인 외마디였다. O. 턱. 고된 노동 탓에 출퇴근길에 씨발, 제발, 혼잣말하듯 O, 턱, O 하고 혼잣말로 되뇌게 되었다. 급기야는 그러고 얼마 뒤 모임 저녁 식사 중에 말이 저절로 목구멍에서 튀어나왔다. 출근 시간마다 맞춰 나오는 휠체어와 조끼 입은 활동가들 탓에 지각한다는 맞은편 남자의 불평에 이끌려서.

　　"끌고 나가는 사람들은 경찰이 아니라 교통공사 직원들이에요. 전경처럼 헬멧에 방패까지 갖춰 입고 시위대를 몰아내, 장애인들이 겪는 불편함은 전부터 계속 있었대요. 그래서 장애인들이 매해 명절마다 터미널에 모여 농성했대요."

　　너는 종종 내가 할 말을 쏟아낼 때 무아지경에 빠져 질주한다고 놀렸지. 하지만 그때 나는 다른 누가 내 입을 빌려 말하고 있다고 느꼈어.

---

* 이가연, 「휠체어 탑승 가능한 고속버스 시범운행에 장애인들 "눈물 난다, 하지만…"」, 비마이너, 2019.10.28., https://www.beminor.com/news/articleView.html?idxno=13980

"놀란 게, 저는 버스를 타면서 시위를 본 기억이 없는 거예요. 아주 많은 승객이 분명 명절에 집에 가려고 했을 텐데요. 보여서 불편하다고 이제야 생겨난 게 아니라 쭉 있었다는 건 그래도 알아야 할 거 같아요. 맞혀보세요. 다들 휠체어가 탑승 가능한 고속버스가 전국에서 몇 대나 될 것 같아요?"

정답은 열. 지금은 열. 전국 모두 합쳐 열 대의 버스. 나는 혼잣말로 내내 되뇌던 숫자를 말하려고 양손을 들었다. 그러자 맞은편에 앉은 피케 셔츠 차림 남자가 주위를 둘러보더니 고개 숙여 속삭였다. 내 목소리가 아까부터 점점 커진다면서.

"이봐요, 좋은 말 하려는 건 알겠는데. 왜 갑자기 막 흥분하세요?"

1. 나는 보이는 것을 보이는 대로 말한 뒤에 좋은 사람이라는 소리를 들었던 적이 한 번도 없다.
2. 막 보게 된 것을 모조리 말해버리는 사람이 좋은 사람일 리도 없다.
3. 하지만 좋은 사람이 되려는 노력마저 거부하는 사람의 시야는 계속해서 좁아진다. 남들 다 들으라고 또박또박 묻는 이 새끼의 눈처럼.

어릴 때 개를 키웠다면 더 좋은 사람으로 자랐을까? 모르지. 나만 좋고 개에게는 결국 나쁜 주인이 됐을지도. 내 성질머리에 대해서는 어린 시절 핑계도 댈 때가 지났다고, 어린 나는 엄마에게 설득되었지만 다 자란 나는 엄마를 설득하지 못했을 뿐이라고. 어릴 때부터 개를 키운 너는 오히려 개에 관해 단언하기를 주저했다.

"춥고 흐린 어릴 적 겨울날, 나이 든 개가 죽었어. 키우던 개가 떠난 건 처음이라 정말 슬펐지. 엉엉 우는데, 죽은 개를 에워싼 다른 개들이 낑낑대더니 입맛을 막 다시는 거야. 허공에 킁킁대던 걔네를 보니 함박눈이 내리더라고."

"눈 냄새를 맡았나?"

"그럴지도. 아무튼 그때 충격을 받아들이는 데 시간이 좀 걸렸지. 개들은 죽음을 모르는구나. 아니, 우리와는 다른 방식으로 아는구나."

"서로를 고기로 본다는 거야? 그럼 내가 어릴 때 길에서 본 개들도, 사실은……?"

루가 무릎을 핥으러 오자 고무 장난감을 던져주던 네 손짓을 기억해. 네 방 벽에 붙여둔 어린 너와 개의 웃는 사진들도. 여름철 수분을 보충하려 당근을 씹는 개. 어린 네 뺨을 핥는 개. 너는 그 뒤로도 두 마리 개를 더 보냈고 다시 루를 키웠지. 네가 세상을 보는 방식은 그렇게 용감했다.

"아니, 개를 사람처럼 이해하려들고 가여워하는 마음이 지나치면 스스로를 해칠 수도 있다는 거지. 쟤네는 그냥 쟤네처럼 살아가는 거야! 먼 나중이 아니라 지금 여기를!"

하지만 개와 달리 사람에게는 자기 자신으로 살기를 망설이는 마음이 있지. 지금 여기가 아닌 다른 세계를 희구하면서. 너는 이제 없다고 말하는 나 또한 마찬가지일 거야. 사후 세계를 믿으며 너를 그리워하면 더 좋은 사람이 될까? 하지만 나는 더 좋은 사람이 아니라 그냥 네가 되고 싶어. 이런 말을 써서 미안해. 전부 다 미안.

노트 사이가 불룩했다. 뒤집어보자 카드 키가 무릎에 툭 떨어졌다. 아까 넘겨볼 때는 분명 없었는데! 어이가 없었지만 나는 프런트에 가 찾았어요, 뒤늦게 약속을 지킨 꼬마처럼 보고했다.

"그럴 줄 알았네요. 잘됐어요."

"그런데요. 정말 숙소에 개가 함께 묵을 수는 없나요? 안내견이 필요한 손님도 있을 수 있잖아요."

"흠, 그러고 보니 지금껏 그런 손님은 못 봤네. 되지 않을까요? 그래야만 하니까. 안 된다고 해도 나라면

묵게 하겠어요. 나도 사실 집에서 두 마리 키우거든."

종업원이 개처럼 콧잔등을 찡그리며 웃었다. 썩 나쁘지만은 않은 수상쩍음은 손님에게 쉬이 동화되는 이 사람 태도 덕분이었다. 손님이 어떤 이야기를 던지든 세 마디 안에 연결 고리를 찾아 꿸 타고난 서비스 정신이라 할 수 있었다. 만약 진짜 지인이었다면, 주머니에 손을 넣고 되찾은 카드 키를 만지작대며 더 솔직하게 대꾸했을 텐데.

안내견 출입이 정말 당연하다면 당연하다고 말할 필요도 없겠죠? 이 호텔 엘리베이터는 너무 좁아서 전동 휠체어가 겨우 한 대, 게다가 보호자는 함께 타기도 힘들 거예요. 구색만 맞춘다고 너그러운 게 아니에요. 다들 원하는 곳으로 자유롭게 오가는 세상이라면 우리가 겨우 이 정도 대화로 친밀감을 느낄 이유도 없을 테고요.

물론 나는 잠자코 인사했다.

"좋은 하루 보내세요."

"그래요. 즐거운 여행 되세요."

호텔 정문을 나와 국밥집과 편의점이 늘어선 오른쪽 골목으로 쭉 가면 광안리해수욕장이 나왔다. 빌딩에 가려 바다는 안 보여도, 숨을 크게 들이쉬면 바람 속 비린내가 느껴졌다. 가슴이 부풀었다.

바다가 보이지 않는데도 그걸 알 수 있어?

당연하지. 네가 개와 함께 사는 기쁨을 알 듯 나도 바다 가까이 사는 기쁨을 나름대로 알거든.

나는 모퉁이를 돌며 고개를 끄덕였다. 고백하자면 꿈에서 깨어 돌아다닐 때도 나는 네게 무척 자주 말을 걸었다. 나는 네가 되기는커녕 너를 나처럼 떠올리고 있었던 셈이다. 건물 틈으로 흐리게 빛나는 수평선이 보였다. 그럼 이제 걸어서 탁 트인 곳으로 나아가면 되었는데 나는 갇힌 사람처럼 멈춰 선 채 한동안 움직이질 못했다.

인천

간만에 두 친구의 연락을 받았을 때는 내 방에 엎드려 빌린 책을 읽던 차였다. 아니, 실은 독서는 건성이고 양파에 돋아난 잎을 째려보고 있었다. 실뿌리 뻗은 양파를 버리지 못하고 수돗물 받은 페트병에 얹어

창가에 뒀다. 돌본다기보다도 마지못해 시늉만 한 셈이었다. 그런데도 녀석은 구경거리여도 아랑곳없다는 듯 씩씩하게 자랐다. 징그럽게도.

절대 1이 사라지지 않는 채팅창을 힐끔 건성으로 보다가, 네 부모가 우리 이름이 적힌 봉투를 책상 서랍에서 발견했다는 채팅을 보고는 자세를 고쳐 앉았다. 봉투에 다른 메모는 없고 현금만 100만 원 들어 있었다고 한다. 네 부모가 생각 끝에 우리에게 돈을 고스란히 주셨으니 용도를 함께 고민해보자고 했다. 두 친구와는 대학 시절 내내 친했지만 몇 달 전 내 성질머리 탓에 크게 싸운 뒤로 사이가 어색했다. 고로 채팅창에서 서로 말을 나눌 때도 그전에 없이 어색했다.

네 부모님은 여전히 좋은 분들이셔. 얼마 전 유기견 보호소에서 개를 또 데려왔다고 해. 어리지 않고 낯가림 심하고 다리를 크게 다쳐 누구도 입양하지 않았다는 개. 지난 연말 저녁, 식당 예약을 잡아놓고 우리 셋이 퀭하게 마른 두 분을 만났지. 네 어린 남동생은 산타클로스가 밤새 올 줄 알고 일찍 잠들었다고. 그러니까 네 부모님은 네가 떠나도 여전히 뭔가를 돌보고 키우는 거다. 네 빈자리를 채우기 위해서?

글쎄. 행여나 내 성질머리로 사고를 칠까 싶어, 유사시 보려고 스웨터 소매 안쪽에 삼단 공략법을 쓴 포스트잇을 붙였다.

1. 내 슬픔은 아무것도 아니다.
2. 보이고 싶지 않은 것보다도 남에게 보여서는 안 될 것을 우선 보이지 말아야 한다.
3. 하여튼 말을 꺼내려들지 마. 그냥 존나 숨을 계속 깊이 들이쉬고 내쉬어.

공략법이 성공적이었나? 모르겠다. 밥을 먹고 네 부모를 배웅할 때까지는 정말 최선을 다했다. 내가 터져버린 건 우리 셋만 남게 된 뒤였다. 네 아버지가 술잔을 나눌 때 네 이름을 부르자고 했다. 그 애의 평안을 기원하면서. 건배하는 동안 나는 기절할 것 같았다. 주제넘다 해도 어쩔 수 없었다. 설령 네 가족이라 해도, 나는 너를 추억하며 누군가와 감상을 나누고 싶지 않았다. 너는 끝을 내고 싶어 했다. 게다가 건배 직후 네가 따뜻하게 잘 지내는 모습을 꿈에서 봤다는 친구의 눈물은 내게 모욕감을 불러일으켰다. 죽은 뒤에도 네가 있다고 망상하다니. 죽고 난 뒤 네가 평안을 찾았을 거라고 지레짐작하다니.

　　캐럴이 흐르는 밤거리에서 우리는 서로 제정신이 아니라고 비난했다. 길에서 악을 쓸 때 풍선처럼 팽팽히 부푼 마음은 바늘이 와서 찔러주기를 거의 기대하고 있었다. 나는 언제나 네가 돌이킬 수 없이 죽었다는 사실을 생각했고, 네가 왜 죽은 걸까 생각했고, 그 결과 네가 불행한 우연만 아니었어도 살아남아 우리와 즐겁게 밥을 먹었을지도 모른다는 생각을 받아들일 수 없게 되었다. 내 머리통은 박살 난 거나 다름없었다. 네 삶에 의미가 있다면 너는 자신의 뜻대로 그것을 마무리할 권리가 있었다. 너는 죽고자 했고, 우리는 그걸 막지 못했으며, 너는 오히려 우리에게 사과하면서도 죽음을 결행했다. 그렇다면 모든 무無로 향하는 과정은 적어도 필연적이어야 했다. 제정신으로 받아들일 만한 생각이 아니었다. 그런데 내가 왜 제정신이어야 하지? 서로 한 대씩 치고 헤어졌다면 차라리 나았을 거다. 그러나 친구는 커피를 움켜쥔 손을 덜덜 떨며 고개만 가로저었다.

　　"넌 존나 씨발 너 힘든 것만 생각하지."

　　인적 없는 길이 어두웠는데도, 천국에서 환히 웃는 네 모습을 보았노라고 아주머니 손을 쥐고 말했던 친구가 이를 악문 채 숨을 깊이 들이쉬고 내쉬려 애쓰는 모습이 보였다. 그 애도 나를 제정신이 아니라고 생각하고 있었다. 동시에 자신도 제정신이 아니라고 생각하고 있었다. 사후 세계가 존재하며 네가 그곳에서 마침내 평안을 찾고 우리를 지켜보리라 믿고 살아야만 하는 자신이 미쳐간다고 느끼고 있었다. 하나 둘 셋. 하나 둘 셋.

"제발 부탁이야. 제발. 죽고 싶다는 말만은 그만해줘. 너까지 그러면……. 진짜 제발 사람 좀 살자. 우리의 태도를 비난하면서 너는 어떻게 그런 말을 할 수 있어?"

"의미 있는 일을 하라고?"

"아니, 우리가 행복해지는 일을 하라는 뜻인 것 같아."

"행복? 그보다 이제 와서 봉투가 나왔다고? 그냥 우리에게 뭘 주시려고 꾸민 거 아닐까?"

내가 던져댄 물음표가 너무 많았던 모양이다. 다른 친구가 적절하게 끼어들었다.

"맞아. 우리 셋 다 바쁘지. 부모님도 아실 테고. 그러니까 봄이 가기 전에, 따로 또 같이 할 수 있는 뭔가를 하는 게 좋지 않을까 싶더라고. 그래서 우리가 학생 때 같이 다닌 여행 장소들을 떠올려봤어."

겨우 100만 원을 셋이 나눈 금액 정도로? 이건 너무

못된 말 같아 지웠다. 자꾸 딴죽 걸고 싶은 이유는 따로 있었으니까. 나는 기일을 챙기고 싶지 않았다. 기일이라는 이유만으로 일 년 중 단 하루를 애도의 날로 지정하는 질서에는 불가항력적이고도 바로 그 탓에 반발하게 되는 엄숙함이 흘렀다.

　　　차라리 아무 날도 아닌 하루를 골라 죽은 사람을 애도하는 문화는 없을까? 이틀이나 사흘 정도면 어떨까? 정작 중국 전통에서는 어떻게 죽은 이를 챙기는지 잘 모른다. 엄마는 아빠가 죽었는지 살았는지도 모르고 궁금하지도 않다면서 따로 아무것도 안 한다. 엄마가 불교신자였다면 절에 가 공양하고 죽은 이의 소지품을 태웠을지도 모르겠다. 일본에서는 집 안에 제단을 마련해 오래 일상을 공유하고 방문객에게도 참배를 받는다는 이야기를 들었다. 집에 남았을지 모를 망자의 혼이 스스로가 죽었구나, 받아들일 수 있도록 일상에서 자연스럽게 죽은 이의 죽음을 이야기하거나 나눈다고 했다. 망자를 모른 체하면 원한을 품고 악귀로 변할지 모르고, 너무 살아 있는 양 대하면 외로워서 자신의 세계로 끌고 갈지 모른다는 것이다. 그러나 더 찾아보니, 자살자를 위한 제단은 만들어지지 않는 게 관례라고도 했다. 다 알고도 죽음을 택한 자살자는 원혼으로 치지 않는다는 걸까. 그런데 자살자가 정말로 다 알면서 죽음을 실행했다고 할 수 있을까. 남은 사람들의 상심이 너무 커서 자살은 일상 속 일부로 받아들일 수 없다는 걸까. 한때 유럽에서는 자살자를 중죄인으로 취급해, 기도 없이 묻는 것도 모자라 매장된 이의 심장이 있을 법한 위치에 말뚝을 꽂아 처벌했다고 한다. 스스로 삶을 포기하는 것이야말로 최악의 죄라는 듯이. 죽어야만 했던 사람을 또 죽여야 삶에서 완전히 쫓아낼 수 있다는 듯이.

아무튼 겨울 길에서 벌인 싸움 탓인지 두 친구와 함께 여행하기 찜찜했다. 둘도 생각이 비슷했는지 아예 각자 여행지를 골라 가자는 이야기가 나왔다. 나는 재빨리 동의했다.

"좋아. 그럼 아예 날짜도 각자 편할 때 가는 게 어때?"

"미안하지만 안 돼. 받은 돈을 써버려야 하는 것처럼, 그것도 가능한 한 즐겁게 써버려야 하는 것처럼, 날을 맞추는 것이 우리한테는 의미가 있어."

"네 생각은 다를지 몰라도, 이번만은 봐줘라. 부탁한다."

그렇게 짧은 여행이 결정됐다. 네 기일 전후 사흘간, 각자 나름대로 염두에 둔 장소로 떠나 너를 생각하고 이야기하기로. 날짜의 중요성을 강조한 친구는 정작 회사 일 탓에 행로가 애매해졌다. 다른 친구는 일찌감치 제주도로 정했다. 대학생 때 간 세화 해변을 둘러

보고 네가 좋아했던 고등어회를 먹을 거랬다. 얘는 사실 미리 세워둔 피서 계획에 끼워 맞추는 거 아닐까? 머리로는 이게 녀석 나름의 애도와 추스르기인 줄 알면서도 앙금이 쉬이 풀리지 않았다. 제주도로 가서 딱 얘 뒤통수만 때리고 오고 싶다. 아니, 지금 지하철 타고 가서 때리고 와도 되지 않을까.

생각을 누르려고 엎어져 책을 마저 읽었다. 봉사 다니는 장애인야학 서가에서 빌린 책으로, 일본의 뇌성마비 장애인 시민단체 '푸른잔디회'를 소개하는 장이었다. 차별을 속속들이 당연시하는 사회의 불합리에 항거한 '푸른잔디회' 강령의 의미를 저자 김원영 씨는 분명하고 섬세하게 설명했다. 삶을 알리고 권리를 영위하기 위해서 그들은 정상이 어째서 정상이라 불려서는 안 되는지 숙고하고 돌아봄 없이 출발하였다고.

1. 우리는 우리가 뇌성마비자라는 것을 자각한다.

2. 우리는 강렬한 자기주장을 행한다.

3. 우리는 사랑과 정의를 부정한다.*

* 김원영, 『실격당한 자들을 위한 변론』, 사계절, 2018.(남병준, 「푸른잔디회의 사상」, 『진보적 장애 이론을 위하여』, 2007. 내용 재인용.)

여행지를 정한 다음 날 오후 내 계좌로 33만 원이 입금됐다. 남은 만 원은 누가 가져? 어째 신경이 쓰이는 액수였다. 제주도로 간 친구가 더 가져가지 않았을까. 그 만 원을 무슨 종유석 동굴이나 성 박물관 입장료에 보태 쓰겠지. 단톡방에 물어보면 간단할 터였다. 하지만 나는 침묵 속에서 혼자 망상하다 지레 화를 내고서는 결국 물어보지는 못했다. 허공을 때리고 할퀴다가 결국 다시 양파의 물이나 갈아줬다. 사람 셋이 모이면 꼭 한 명 있다는 이상한 사람이 어쩌면 나인가. 화가 많아진 뒤로 나는 빼앗긴 사람, 빼앗기지 않으려고 발버둥 치는 사람, 살려면 희망을 가져야 하는데 도무지 희망 없는 처지에 놓인 사람이 나오는 책만 골라 읽었다. 공감하는 척했지만 실은 꼴사나운 자기만족이었다. 하지만 이렇게도 살 수 있는 거다. 그렇지? 걸을 때마다 끌리는 캐리어가 덜그럭거리는 리듬에 맞춰 이상한사람, 이상한사람, 하고 말을 만들었다. 혼자 있는 이상한 사람은 원래 혼잣말을 중얼중얼 노래처럼 하게 된다. 들어줄 상대가 있어야 할 말을 파편으로 길가에 흩뿌리며 걷게 된다. 어쩔 수가 없다.

1. 이상한 사람을 때리고 싶다.

2. 이상한 사람은 잠을 자주 설치기 때문에 점점 더 이상해진다.

3. 이상한 사람을 때려서 잠들게 하자.

이대로라면 내가 내 머리를 때려야 해. 나는 점점 이상한 사람이 되고 있는 것 같거든.

호텔 침대에서도 잠을 설치는 사람이 열차에서 쉬이 잠들 수는 없다. 나는 공책을 펼쳤다가 소설책을 펼쳤다가, 집중하지 못하고 안내견의 조용한 얼굴만 건너다봤다. 안내견도 나를 보고 있다고 착각하며 썼다. 정말 제멋대로네. 죽은 뒤의 세상이란 없다고 단언하면서 왜 나는 공책을 갖고 다닐까? 만약 우리가 여러 겹의 세상을 살고 있다면, 그래서 내가 이렇게 햇빛을 받으며 무사히 어딘가로 갈 수 있다면, 적어도 우리의 세상 중 하나는 복구 불가능하게 불타버렸다는 뜻 아닌가? 이런 생각을 하면 죽고 싶어졌다. 죽고 싶은 마음은 자살 사고와는 다르다. 죽고 싶다는 말을 감히 입에 담다니 죽고 싶었지만, 네가 죽지 않았어도 나는 내가 영향을 끼치기에는 너무도 아득한 일들에 매번 분노하는 사람이 되었을 것이다. 집 잃은 개들이 차에 치여 죽지 않고 휠체어 탑승자가 어디든 갈 수 있는 세상이 실현 불가능할 리 없다. 모든 가능성이 불타버렸다고 믿고 싶지 않다. 네가 죽었으니 세상 따위 다 망해버려도 상관없다는 믿음은 건재하지만 사랑과 정의를 부정하는 것은 모든 것을 부정하는 것과 분명 다르다.

그때 우리 단둘이 갔지? 인천항과 차이나타운에. 인터내셔널에 대해 내가 처음 숙고한 것은 인천 디아스포라영화제에서 용감하게 자기 정체성을 구축한 여성들에 관한 강연을 듣고서였다. 들러보니 인천항은 붉은 기둥과 금색 기와로 장식된 차이나타운과 르네상스양식을 본뜬 일본식 서양 가옥이 사이좋게 뒤섞여 꼭 내 고향 같은 동네였다. 어릴 적부터 여러 번 이사하고 중국에는 가본 적도 없는 내게 고향이 있다면 말이다. 『삼국지』의 등장인물들이 부조된 소학교 담장과 공자의 훈화를 쓴 비석에 대해 내가 잘난 척 설명하자 네가 막 웃었다. 디아스포라라는 말은 이산해 살던 유대인을 일컫는데 오늘날에는 고향을 망실한 사람들을 위해 두루 쓰인다. 물론 장소만 사라졌을 뿐 고향을 여전히 마음에 또렷이 품은 이도 있고 그러한 기억마저 파괴되어 두루 훼손되었다고 느끼는 이도 있다.

강연한 작가는 재일 교포로 강연에서는 동시통역이 진행되었다. 작가는 가네코 후미코와 하세가와 데루라는 두 페미니스트 여성을 소개했다. 둘 다 일본 출생이지만 국가라는 틀을 벗어나 자기 정체성을 추구한 강인한 여성이라는 공통점이 있었다. 박열의 동지로 천황 살해를 도모한 아나키스트 가네코 후미코는 박열과 달리 전향을 거부하고 이십대 중반 옥중에서 세상을 떠났다. 항일운동가 하세가와 데루는 타고난 본명을 버리고 에스페란토를 익혀 베르다 마요, 푸른 오월이라는 이름을 스스로에게 붙였다. 군부의 만행을 고발하는 방송을 전시 만주에서 병으로 죽어갈 때까지 지속했다. 많은 것을 보고 결단하고 투쟁한, 듣고 나면 이들을 몰랐다는 사실을 잊기 어려워지는 여성들이었다. 우리는 가네코 후미코와 베르다 마요의 이름을 다시 외웠다. 꼭 이름이 남지 않아도, 영웅이 아니어도 나고 자란 곳을 떠나 자신의 터전을 스스로 일군 여성들에게는 삶에 뿌리내린 강렬한 힘이 있었다. 우리 엄마처럼 말이다.

그날 오후 항구에서 발생했던 선박 화재도 잊을 수 없지. 강연을 마치고 영화를 보러 나왔는데 부두 쪽에서 검은 연기가 뭉클뭉클 솟아올랐다. 선박 화재라고 했다. 행인들이 웅성거렸다. 다행히 인명 피해는 없었다지만 매캐한 냄새와 흐릿한 연기는 우리가 귀가하는 저녁까지 하늘로 뿔뿔이 흩어져 사라져갔다. 그 돌연한 재난에 강한 인상을 받은 건 우리만이 아니었다. 나중에 강연자 서경식 선생이 그날의 풍경에 관해서도 꼼꼼히 적은 기사를 읽었다. 마지막으로 네 본가에 찾아간 날, 우리는 이 기사의 논조에 관해서도 대화했다. 발화자가 오히려 믿음직스러워서 반발심이 섣불리 일어나는 경우에 관해서. 우리는 뭔가를 이해하거나 이해하지 못할 때가 비슷해서 사소한 주제도 늘 터놓고 이야기하기 편했지.

연기는 인천시에서 널리 퍼져 시계는 흐리고 목과 눈이 따가웠다. 영화제 실행 위원은 마스크를 잔뜩 마련해 관객에게 배포했으나 결국 야외 행사는 중지할 수밖에 없었다. 그래도 오가는 사람들의 표정은 냉정하다고 할까, 오히려 무관심하기조차 한 것으로 보였다. (……) 우리가 정말 고뇌하지 않으면 안 될 미해결의 난제가 여기에 있다.*

"다들 그렇게 무관심해 보였나?"

"겉보기엔 그럴 수 있지. 하지만 어차피 영화를 보고 밥도 먹어야 했는데. 걱정되더라도 할 수 있는 일이 없었잖아."

* 서경식, 「쓰라린 진실─영화 '박열'을 보고」, 한겨레, 2018.05.31., https://www.hani.co.kr/arti/opinion/column/847170.html

"할 수 있는 일이 없대도 취해야 할 바람직한 태도는 있다는 요구 같아."

"하지만 관객의 태도로 화재를 해결할 수는 없는데. 불을 끄는 일은 우리 몫이 아니었고. 사고로 누가 죽지도 않았고."

"요구한다고 곽 따르는 대신 생각하는 것도 필요하니까. 루, 엄마한테 가!"

"들어와도 돼."

"안 돼. 놀아달라 보챌걸. 좀 이따 같이 산책 나가자. 그런데 참 그전까지는 하늘이 아주 맑았는데."

"햇빛도 밝아서 휴가지에 온 것 같았지."

"그래. 그러다 갑자기 항에서 연기 솟고, 재난 알림 문자 터지고. 다들 막 뚜 니까 주제넘게도 잠깐, 이게 디아스포라의 풍경인가 싶더라."

"우리가 그때 디아스포라의 풍경을 봤다고, 그렇게 생각하는 게 주제넘은 일일까?"

"그런 생각 할 수도 있지. 요즘 세상에는 워낙 여러 문제가 많으니까."

기억난다. 대화 끝에 우리는 살짝 다퉜다. 나는 사실 별로 깊게 생각하지 않고 장단을 맞췄지만 너는 내게 계속 말을 붙이려 했다. 이 나라가 네게는 불안하지 않느냐고. 우리 엄마라면 모를까 나는 그냥 여기서 나고 자랐는데. 그래도 너는 나라면 조금 다른 관점으로 볼 거라 기대했다는 듯 굴었고. 그때 나는 나대로 내가 굳이 그런 관점을 드러낼 이유가 없다며 조금 성을 냈다. 이 나라가 나를 내부인 취급하지 않더라도 나는 냉장고 속 양파가 틔운 싹처럼 여기서 자랐고 그건 정말 너나 다른 애들의 성장과정과 다를 바 없다고. 너는 나중에야 머뭇거리며 사과했다.

"미안."

이날의 미안하다는 말이 내가 네게 육성으로 전해 들은 마지막 사과였지.

어색해진 침묵 속에서 집에 돌아가는 길에 사진첩을 찾아보니, 정말로 푸른 잔디밭 위 해먹에 누운 우리의 웃는 얼굴이 갈 곳 잃은 사람들처럼 불안해 보였다. 그 뒤 일본식 가옥에서 커피도 마시고 중국집 만두도 잔뜩 먹었는데도. 나는 화해하잔 사과 대신 네 팔꿈치를 툭 쳐서 말을 붙였다.

"그때 먹은 것 좀 봐. 이따 뭐 시켜 먹을래?"

"앗, 여기 소룡포 피가 얇을 줄 알았는데 엄청 두꺼웠지."

"다음에 영화제 가면 다른 중국집에서 고기튀김을 먹

자."

　"그게 뭐야?"

　"탕수육이랑 비슷하지만 좀 달라. 막 튀긴 닭고기를 소금에만 찍어 맛본대."

　"좋아. 가서 꼭 먹자."

　그러나 다음번 영화제에는 나 혼자 가게 됐다. 너는 멀리 갈 수 있을 것 같지 않다고 했는데, 그때 억지를 썼더라면 어땠을까. 더는 하지 말아야지 하면서도 성큼 쫓아드는 이런 생각들. 혼자라서 고기튀김은 먹지 않았다. 애초에 나 혼자라면 이골이 난 중국 음식을 먹을 필요도 없었다. 어릴 때 경험에 따르면, 고기튀김은 끈적이는 소스 대신 소금에 찍어 뜨거운 육즙에 혀를 데며 바로 먹어치워야 즐겁지 혼자 꾸역꾸역 먹다 남기면 어쩐지 시들해지는 음식이다. 나는 점심 대신 간식과 커피를 사서 가파른 돌계단을 걸어 언덕을 올랐다. 꼴사납게 훌쩍훌쩍 울면서. 오전에는 팔레스타인 가자 문제를 다룬 다큐멘터리를 보았는데 그사이 세상을 떠난 서경식 선생이 마지막으로 참여한 방송 프로젝트라고 했다.*

이스라엘의 가자 학살과 만행을 세계 곳곳에 강연하던 라지 슬라니 선생은 위험을 알면서도 매번 뿌리내리고 대대로 살아온 고향으로 귀국했다. 영화 마지막 즈음에 가자에 있는 제 농장 이야기를 하며 활짝 웃는 라지 슬라니의 말을 듣고 나는 울기 시작했다.

"가자로 돌아갈 수 있는 저는 매우 행복합니다."

2002년의 화면 속에서, 중동의 밝은 햇살과 잘 익은 올리브, 오렌지, 레몬이 달린 나뭇가지가 생생하게 눈부신 가운데 2014년 이스라엘의 침공으로 이 농장이 전부 파괴되었다는 자막이 떴다. 지나서 훼손되고 죽어버린 것들이 영상에서는 그토록 생생하다니. 그토록 생생한 영상인데도 꿈인 양 우리가 그것을 스쳐 지나칠 수도 있다니.

지난 방문 때 시커먼 연기가 피어올랐던 항만 부근 하늘은 바람 타고 흩어지는 뭉게구름으로 화사했다. 나는 부두가 내려다보이는 계단 상단에 홀로 앉아 광장에서 산 바스부사를 먹었다. 제주도에 머무는 예멘 난민들이 만들어 파는, 초대받은 손님에게 대접하던 전

* 〈가자에 뿌리내리다—라지 슬라니와의 대화〉, 가마쿠라 히데야 감독. 2023.

통 디저트랬다. 오렌지 시럽에 재운 바스부사는 과연
달았다. 손님과 마주 보고 앉아 진한 차나 커피와 곁들
이기 좋은 음식이었다.

　　오후에는 강당에서 동급생의 난민 자격 인정을
위해 함께 투쟁한 중학생들의 발화를 들었다. 이제 중
학교를 졸업했다는 학생들은 저들끼리 옆구리를 찌르
며 멋쩍게 웃다가도 마이크를 잡으면 또박또박 말했다.
투쟁이라기보다는 당연히 해야 할 일이라고 생각했다,
왜냐하면 함께 자전거도 타고 숙제도 한 친구에게 여
기 살아갈 자격이 따로 필요하다는 말은 불합리했으니
까……, 하고 학생들이 말했다. 강당 구석에 앉은 나는
천장이나 창밖을 멀거니 보며 늘 조심하며 다니고 친구
라도 함부로 믿지 말라던 엄마의 조언을 떠올렸다. 하
지만 우정이나 믿음 없이 살아갈 수는 없다. 그렇게 살
면 부서지고 만다. 이따금 서로 툭 치고 눈짓하며 장난
도 치고 웃는 학생들의 환한 목소리가 내게는 무섭고
아름다웠다. 인터내셔널이란 가장 가까운 것부터 살핀
뒤 일단 보고 나면 다시 눈을 돌리지 않는 마음가짐에
서 출발한다. 부서진 뒤의 삶을 저 멀리서부터 다시 잇
기 위해서.

우리의 친구가 받았던 상처를 치유하고 일상으로 돌아가 편안한 삶을 누리기를 소망합니다. 이란 친구뿐 아니라 그를 돕는 우리 학생 모두 같은 이유로 잊히기를 원합니다. 다만, 여전히 불안한 삶을 살아가고 있을 많은 사람을 기억했으면 합니다.*

너와 너희 집에서 만날 때면 가끔은 오후의 강아지 산책에도 동행했다. 함께 오후의 볕 뜨거운 공원으로, 나뭇잎의 그림자와 빛이 어울려 춤추는 공간으로 뛰어 들어갔다. 우울감에는 환한 햇빛도 머리가 비도록 달리는 일도 효과가 좋다고들 했다. 개에게도 좋은 일이니 분명 본인에게도 좋을 거라고 너는 장담했다.

"나랑 상관없는 것들인데 뭔가 계속 생각하게 돼."

"그럼 상관없는 게 아니지 않아?"

"그만큼 내가 작다는 거야……. 나는 작고 세계는 크니까 겁이 나서……. 사실 네 말대로 진짜 상관없

* 아주중학교 학생회 성명문, 「이름은 잊혀지고 사건은 기억되어야 합니다 — 이란 친구의 난민 인정을 환영하며」, 2018. 10. 19.

지는 않거든. 계속 마음에 걸리니까. 그런데 세상에는 그것들을 끝까지 보며 나아가는 사람들도 있잖아. 남들에게 요구하면서도 결국은 혼자서 씩씩하게."

"그 사람들도 의외로 너처럼 주춤거렸을지도 모르지."

"아니. 내 생각에 그 사람들은 단호하게 집중된 힘으로 본 것 같아. 어떻게 그렇게 용감했을까? 진짜 큰일이 닥치기 전부터 미리 겁먹을 수밖에 없는 게 삶인데."

"야, 그렇게 말하니까 우울하다. 취직하면 어쩌나."

너는 숨이 찬지 내 농담에 대꾸하지 않았다. 우리는 헐떡이며 벤치에 앉았다. 루는 꼬리를 흔들며 잔디밭으로 갔다. 너는 목줄을 쥔 채 햇살과 춤추는 나뭇잎을 올려다보며 내가 영영 알 수 없을 생각에 잠겼다. 뭘 보고 있었을까? 내가 따라서 고개를 들자 네가 내 손등을 툭 쳤다.

"용감해지고 싶다는 생각도 힘이 있을 때나 드는 거야. 넌 그런 힘을 가지고 있는 거고. 부럽다!"

네 웃는 얼굴이 불에 달궈진 바늘처럼 다시금

내 눈을 찔렀다. 욱신거리는 통증과 함께, 왜 이토록 너와 산책한 기억들이 또렷한지 나는 깨달았다. 너를 잃고서 나는 나라는 사람을 이루는 조건을 다시 두루 살피고 추슬러야 했다. 나는 지금껏 내가 내 안에서만 살아온 사람이라고 여겼다. 그러나 나는 내 바깥에서도 나와 상관없는 것들 속에서도 살고 있었다. 만약 그렇지 않았다면 네가 스스로 목숨을 끊었다는 사실에 내가 이만치 훼손되지는 않았을 거야.

부산역 근처 수정동의 일본식 가옥에서는 친절한 직원들이 직접 구운 쿠키를 팔았다. 해가 비추자 반질반질 닳은 나무 마루에 창틀의 격자무늬를 따른 그림자가 드리웠다. 녹차에 쿠키를 곁들여 먹는 동안 혀로 천천히 녹여 맛본 바스부사의 단맛과 인천항에서 연기 이는 잔디밭 저편에 누운 사람들에게 쏟아지던 햇빛이 부산의 깔끔하게 정돈된 고택 유리창을 지나, 나의 빈 손바닥 안으로 간격을 두고 살아 들어왔다.

1. 들어오세요.
2. 모든 것을 누리세요.

날이 좋아 내친 김에 초량 차이나타운까지 천천히 걸어가 버스를 탔다. 텍사스 로고가 두드러진 간판을 건너면 붉은 기둥과 만두 가게들이 나타나. 어느 동네에 있건 차이나타운에는 붉은 등과 『삼국지』 인물들로 벽을 꾸민 소학교가 있을까? 그럴 것 같았다. 보지 않으려는 사람들에게 맥락을 보여주는 것은 소수자에게 생존이 걸린 문제니까. 하지만 중식은 이제 조금 질렸단 말이지. 점심으로는 고민하다가 부산역 근처에서 숙성한 선어회를 먹기로 했다.

애도를 고집하는 척하며 사실 나는 잘 먹고 잘 보고 여행을 충분히 즐기고 있었다. 발 닿는 대로 떠도는 여행지에서의 부유감은 때로 행복과 무척 비슷했다. 내 발목의 시큰거림은 점점 사라지고 있었다. 고통은 나눌 수도 없고 남지도 않는다. 그러니 다데기 넣은 돼지국밥을 먹고 수평선과 구름 사이 광안대교가 껴안은 양팔처럼 둥근 선으로 이어지는 해변을 걷다 찾아든 잠자리에서, 꿈이 내 팔을 끌어다놓고 다시 질문한 것이다. 너 혼자 지복을 누리고 살면서 뭘 하려고?

부산

우리 엄마는 빈말로도 친구에게만은 인색하지 말라고 가르쳤다. 친한 친구와 나눌 때 즐거움은 둘러앉은 식탁처럼 풍성해진다고. 친구라도 믿지 말고 조심하라던 사람 말치고는 앞뒤가 맞지 않았지만, 그만큼 소중한 사람을 만난다면 성의를 다하라는 뜻으로 생각했어. 그러니까 내가 너한테 구제 옷과 굵은 떡볶이와 씨앗호떡 냄새 가득한 국제시장부터 헌책 많은 보수동까지 꼬불꼬불 이어지는 자갈치시장 골목 걷는 즐거움을 알려준 거야.

"사 년이나 살았다고?"

"어어. 저쪽 골목에는 군복 파는데, 아빠가 입을 패딩 샀다."

"대박. 너 지금 사투리 써."

"그런가? 여기선 5만 원이면 미제를 살 수 있다고 심부름 시켰지. 헉, 생각해보니 그때 우리 집 가난했네."

"너 자기 집 형편을 모르거나 알고도 신경 쓰지 않는 애였을 것 같아. 귀여워라."

그렇지는 않았다. 반 애들이 중국집이네 조선인이네 놀렸던 어조가 생생하니까. 하지만 네가 나를 아랑곳 않는 사람으로 생각해준다면 바로 그런 사람이 되고 싶었다. 이십대 초반 떠올렸던 결심은 꿈속에서도 생생하였다. 좁고 북적거리는 골목을 걷는 내내 사람들과 부딪혔고 우리는 손을 맞잡았다. 땀으로 미끈거리는 뜨거운 얽힌 손마저 재미나고 떨려서 킥킥 웃었다.

"그래도 여기 골목은 놀거리가 많아서 좋았어. 심부름한 다음 잔돈으로 일본의 복숭아 물이나 젤리를 사 먹고 헌책방 골목까지 가서 만화책 구경했어."

"지금은 여행에서 금방 사 오거나 편의점에서 여기저기 수입될 텐데. 그때 골목에 있던 가게들 기억나? 아직도 있을까?"

"정확히는 모르겠어."

"없어졌을지도 모르겠네."

"반대로 이제는 놀러 오는 외국 관광객들에게 K-팝 포토 카드나 부산 어묵 같은 걸 팔지도."

골목마다 빽빽하던 가게 면면은 알아보기 어려워도 겨우 둘이 붙어서 지날 법한 좁은 골목과 다종다양하게 늘어선 상품들이 주는 특유의 분위기만은 여전했다. 어쩌면 사라지지 않고 전부 다 그대르인데 내가 알아보지 못할 뿐인지도 몰랐다.

"해외여행은 못 가봤지만, 여길 돌아다니다 보면 '국제'란 뭔가 확실히 다른 것들과 뒤섞여 사는 일이구나, 이런 게 삶이라면, 이렇게 살 수 있다면, 그럼 꽤 괜찮겠는데, 느꼈지."

"그렇게 살았어?"

"금방 이사 갔다니까."

"으하하. 네 추억담을 듣고 보니 골목마다 바다 동네 냄새가 나네."

"인터내셔널이기도 하고."

"오오, 인터내셔널."

우리는 골목을 빠져나오면서 노래를 흥얼거렸다. 횟집 거리 앞에서 불어오는 바람의 찝찌름하고 쓰고 매캐하고 농축되어 어딘지 달콤한 냄새를 맡았다.

"바다다."

"여기서 몇 정거장 더 가면 다대포인데, 내가 부산에서 가장 좋아하는 해변이야. 옛날 부산 사람들은 다대포를 세상의 끝이라고 여겼대."

"끝이 너무 시시한 거 아니야?"

"가보면 그런 말 안 나와. 해변 너비만 1킬로미터는 된단 말이야. 걷고 또 걸어도 계속 바다라, 바다는 정말 크고 나는 정말 작구나 생각하게 된다고."

"멋지다. 살았던 사람의 동네 이야기를 듣는 거 좋아. 내가 실제로 살지 않았어도 여기 살았다는 기분이 들거든."

"부산에서 살아보고 싶었어?"

"응. 너랑 어릴 때부터 같이 만나 놀았다면 즐거웠을 것 같네. 그때 보냈어도 너랑은 친구였을 것 같아."

"그랬을지도. 즐거웠을 거야."

나도 대답했다.

너는 돌이킬 수 없이 죽었고 이제는 꿈에서도 모른 척할 수가 없다. 하지만 또 다르게 너를 만나 다른 방식으로 친구가 될 수 있다면 끝이 정해졌대도 나는 그 길 또한 가볼 것이다. 아는 길이라도 매 발짝 생생히 집중하며 걸을 것이다. 막다른 길 끝 광대한 바다에 가로막혀 멈춰 설 수밖에 없다면, 우르릉대는 큰 파도 소리에 묻히는 김에 엉엉 실컷 울어야지. 그다음 해변을 가로질러 옆으로 갈 거야. 앞이나 뒤가 아닌 사방의 열린 삶으로. 젖은 모래밭에는 걸어온 우리 발자국이 남아 있을 거야.

"저기, 빨간 목줄을 찬 큰 개 못 봤어요? 개가 중요한 편지를 물고 가버렸어요."

우리가 손잡고 골목을 나왔을 때, 머리를 바짝 깎고 휠체어를 탄 남자가 가던 길을 가로막고 다급하게 물었다. 상반신이 두툼해 기운찬 인상이지만 지금은 수염이 삐죽삐죽 돋은 게 여러모로 지치고 고단해 보였다. 그야 한국 거리를 휠체어로 다닌다는 건 보통 일이 아닐 테니까.

"하얗고 꼬리 흔드는 개 말이죠?"

"네, 맞아요."

"흠, 여기에는 없을 것 같은데. 제주 바닷가로 가서 찾아보면 어때요?"

"남들이 도와주지도 않는 데다, 그렇게 쓱 끼어들어 움직이기가 어려워서요."

"어차피 꿈인 줄 아는데 왜 이동이 어렵죠?"

나는 꼭 어디서 본 것 같은 남자에게 어쩐지 쉽게 말을 붙였다. 이 남자도 마찬가지인지 나한테 대꾸하는 폼이 거침없었다.

"꿈이 우리를 꾸는 거지 우리가 꿈을 꾸는 게 아니거든요. 자각이 너무 길어지면 깨버리고 말걸요. 뭐야? 난 왜 이렇게 생겼지? 너희는 왜 여기에 있고? 하면서 어리둥절하다 정신이 팍 드는 거죠. 저번에도 그랬잖아요."

"그건 그렇지만, 그래도 이건 내 꿈이잖아요. 나온 김에 어떻게 잘 좀 풀어봐요."

"왜 친하지도 않은 개를 꿈꿨어요? 아니, 친하진 않더라도 만났을 때 잘 좀 해주지. 그럼 개가 알아서 얌전히 편지를 줬을 텐데."

"아니, 꿈이 내 마음대로가 아니잖아요. 나는 아저씨가 왜 나인지도 모르겠다고요."

답답해하는 나와 달리 너는 느긋하게 팔짱까지 끼고 조언했다.

"일단 가보면 되지 않을까요? 책방 골목을 돌아서면 인천항이 나온다거나, 부산역에 가 특산물이랍시고 감귤초콜릿을 사는 식으로요."

"흠, 인천항으로는 몰입이 안 될 것 같은데요. 꿈이라도 서해와 제주 바다의 차이 정도는 알거든요."

"둘이 달라요?"

"보면 알죠. 깊어서 파도가 거센 바다와 얕아서 속이 다 비쳐 보이는 바다란 다르다고요."

"지금 서해를 무시하는 거예요?"

남자는 짐짓 울상으로 어깨를 움츠렸다. 정말이지 까다롭다. 분명 내가 이 남자이기도 하지만 도무지 호감이 가지 않는다. 이 녀석은 바보다. 설마 내가 바보라 그런 건가.

"아이고, 이제 그만 다퉈요. 그냥 내가 지금 써주면 되지."

　너는 시장 앞 길모퉁이에 쭈그려 앉아 전단지 뒷면에다 잠시 집중해 뭔가를 몇 줄 적었다. 외투 주머니에서 돈봉투까지 꺼내 종이를 넣었다. 내게 쉿, 하고 검지를 입술 앞에 대 보이더니 남자에게 접은 봉투를 건넸다. 남자는 반색하더니 종이를 바지 주머니에 소중히 접어 넣었다.

　"아아, 이거면 됐다."

　"그럼 잘 가요. 개를 만나도 너무 뭐라 하지는 말고요!"

　"그래요! 즐거운 여행 되세요!"

　우리는 고개를 돌려 손을 흔들며 차도를 건넜다. 남자도 손을 흔들었다. 나만 한 차례 돌아보았고 남자도 친구도 웃으며 각자 가야 할 길로 나아갔다.

　"왜 자꾸 뒤돌아보니?"

　"왜냐하면 부산은 턱과 언덕과 다리가 많거든. 오래전 피난 온 집들이 겹겹이 쌓여 얽힌 동네라서. 휠체어를 타고 개를 쫓아다니려면 쉽지 않을 텐데."

　친구가 맑은 목소리로 아하하 웃었다.

　"싸우긴 했어도 결국 걱정되는구나? 하지만 저 사람, 휠체어 바구니에 이것저것 많이 담고 있었어. 외투도 잘 입었고 운전도 아주 능숙했어. 지금껏 혼자서도 씩씩하게 잘 다녀온 거야."

　　너무 좋게 봐주는걸. 저 미심쩍고 변변찮아 뵈는 인간이? 하고 나는 대꾸하려다 말았다. 그는 벌써 모퉁이를 돌아 사라졌고 우리에게도 우리의 갈 길이 있다.

　　"그랬을지도. 즐거웠을 거야."

　　동네가 언덕을 따라 겹겹이 쌓인 부산에서 어딘가로 가려면 자주 경사진 길을 오르거나 다리를 건너야 한다. 남포동까지 가는 버스에서 나는 차창에 연신 머리를 찧고 침 흘리며 졸았다. 남자의 뒷모습을 보다가 이마를 앞좌석에 박았고 번뜩 깨어났다. 짧지만 드물게 잘 잤네. 나는 머쓱하게 입가에 흐른 침을 닦았다. 앞좌석에 앉은 할머니 품에 얌전히 안긴 작고 털이 긴 개가 툭 불거진 눈으로 나를 다정하게 보는 듯했다. 가만 마주 보니 희뿌옇고 둥근 눈이었다. 개는 의안을 끼고 있었다.

　　1. 꿈에 나온 개는 안내견이 아니었다.

　　2. 꿈에 나온 너도 미로의 안내자 따위가 아니었다.

　　3. 너와 걷는다면 나는 꿈이 미로가 아니라고 느끼게

될지도 모른다.

　　남포동의 선어회 정식을 파는 횟집은 만석이었
다. 나는 영도대교를 걸어 건너면서 반짝거리는 바다와
물살을 가르며 움직이는 선박들을 보았다. 어릴 때 대
형 선박이 항을 지나는 동안 대교가 열리고 반으로 쪼
개지는 장관을 본 듯한 기억이 나는데 막상 찾아보면
도개는 2013년 11월에야 수십 년 만에 재개됐다고 한
다. 그때는 이미 부산을 떠나 이사한 뒤였으니 기억이
멋대로 뒤섞였대도 이상한 일은 아니지만.

　　나는 문가에 고양이 우유 그릇을 둔 영도의 작
은 횟집에서 제철 물회를 시켰다. 메뉴판 대신 알아서
다 말아줄 테니 잠시만 느긋하게 기다리라는 안내문이
붙어 있었다. 뭔가를 기다릴 때 취할 수 있는 가장 좋은
태도 같았다. 잠시만 느긋하게. 안내문 아래 앉아 찬 보
리차를 마시면서 헨리 제임스의 『대사들』을 몇 장 더 읽
었다. 빌려놓고도 한참 읽질 않아 일부러 여행지까지
가져온 소설이다. 스스로를 늙고 식견 좁다 여기는 미
국인 스트레더가 멀리 바다를 건너와 낯선 세상 유럽에
당도했다. 그와 가까운 여자의 방탕한 아들을 데리고

미국으로 돌아가야 하는 마뜩잖은 임무를 갖고서. 그런데 낯선 땅에서의 여러 만남과 열정이 젊은이가 아닌 스트레더에게도 눈꺼풀 위 햇살처럼 스며들어, 그는 잘 모르는 유럽에서 새로운 가능성을 발견한다. 혹은 이미 갖고 있던 자신의 고유한 관점을 재발견한다. 삶은 흘렀고 이미 소용없다는 회한 속에서도 그는 자신의 때늦은 열정을 소중히 사랑하게 되는 듯하다. 내 삶의 좋은 때는 이미 다 지나 놓쳐버렸지만 그럼에도 여전히 살아서 다가오는 세상의 좋은 것들을 누리고자 해야지. 가물어가는 내 앞날을 공상하고, 친절하고, 멈추지 말아야지. 스트레더의 관점을 덧입자 나도 세상의 흐름을 그처럼 보게 되는 듯했다. 보았다, 고 단언할 수 없는 것은 헨리 제임스가 인물의 내면을 투명하거나 평평하지 않게, 추측의 여지를 남기며 쓰기 때문이다. 자기가 쓴 소설 인물이래도 모든 것을 파악할 수는 없다는 것처럼. 우리가 가장 가까운 사람의 내면도 완전히 알지는 못하는 것이 결코 우리의 잘못만은 아닌 것처럼 말이다.

1. 소설을 쓰는 작가와 소설 주인공의 목소리가 분리되지 않고 겹치며 어느 쪽으로도 읽을 수 있는 여지

를 남겨두는 기술을 자유간접화법이라고 한다.

2. 그렇다면 작가는 화자의 입을 빌려 화자로서는 다 알 수 없는 것을 말할 수도 있고.

3. 반대로 화자가 자신의 제한된 자유 속에서 작가로서 도 미처 알지 못하는 것을 깨닫고 말하는 것일 수도 있다.

헨리 제임스는 분명 안다고 여겼지만 사실 충분히는 몰랐던 중요한 뭔가를 항상 뒤늦게 그러나 생생히 깨닫는 사람들에 관해 썼다. 강들이 하류의 삼각주를 지나 마침내 바다에 스며든 뒤에도 각각의 지난 여정을 헤아리는 것이 의미 있다는 듯 꼼꼼히 썼다. 그 섬세함은 대개 곁에 있던 사람을 얼마나 사랑했는지 너무 늦게야 알았다는 회한으로 퇴적된다. 우리는 늘 뭔가를 두려워하며 산다. 그러다 사랑하는 사람을 잃고서야 사실 진짜 두려워해야 할 문제는 이거였다고 깨닫는다. 그리고 깨달음을 곱씹고 고통스러워하면서도 다시 살아간다. 그래. 이제 헨리 제임스를 왜 좋아하는지 설명할 수 있어. 나는 깻잎에 가자미회를 싸 먹으며 생각했다. 누가 나에게 묻기만 한다면.

바로 이렇게 독서에 열중할 때 나는 죽은 사람들과 만날 수 있었다. 네가 뺨을 스치는 한 줄기 빗방울처럼, 입속에 고이는 혼잣말처럼 왔다. 슬픔도 두려움도 없이 죽은 너와 대화할 수 있었다.

"작가의 말년작이 한국에 번역된 건 처음이래. 아니, 오래전 삼성출판사 전집으로 한 번 나왔다는데 구할 길이 없으니. 작가는 오래전 죽었어도 내게는 신간인 거지."

"사후 앨범 같은 거구나?"

"오, 맞아. 나한테는 사후 신간이야."

"영어를 공부하면 기다릴 필요 없이 그냥 읽어서 알게 되지 않았을까?"

"너무해. 너 딱 공부하라고 강요하는 스타일 아니었잖아."

아니, 어쩌면 의외로 단어를 외우고 계획을 짜라며 닦달하는 사람이 되었을 수도 있을까? 내가 떠올린 너는 좋은 세상에서 편히 쉬고 있지 않다. 지금 여기서, 캠퍼스에 붙어 있는 손으로 쓴 대자보를 꼼꼼히 읽고 유기견 보호소를 정기적으로 방문하고 어린 시절 기억들이 다 어디로 흘러갔지 고민하다 깊은 밤 내게 불쑥 전화를 건다. 책은 언제 마저 읽고 돌려줄래? 물으면 나보고 지금 라디오나 켜라고 한다. 맞아. 네가 좋아한 가수의 신곡도 발매됐어. 죽기 전 작업물이 더 있었다나 봐.

봉투를 남에게 에둘러 맡기면서 너는 뭘 맡기고 싶었니?

내가 노래를 찾아 틀었으면서, 음악의 리듬에 쫓기듯 그릇에 코를 박고 허겁지겁 먹게 됐다. 환하고 부드러운 음성이 가만있지 말고 모이자고, 바람이 불어 아주 좋다고 내 귓속에서 메아리쳤다. 그런 와중에도 물회는 맛있었다. 생선머리를 넣고 끓인 매운탕까지 먹고 나오다 우유 그릇을 뾰족한 혀로 핥는 자그만 고양이도 보았다. 어미 고양이가 뭉툭한 꼬리를 세우고 담벼락 곁에서 밥 먹는 새끼를 보고 있었다. 좁은 담장 위로 고양이들이 마술처럼 걷는 영도의 바닷가 언덕을 내려가면서, 때때로 거세게 부는 맞바람과 부딪치면서, 내가 누리는 모든 행복이 결국 나를 위한 것일 뿐이라는 사실을 받아들였다. 물론 매끄럽게 받아들여지지는 않았다. 내리막길을 구르듯 내려오자 언덕길 맞은편 바다가 성큼 눈앞으로 덤벼들었다. 나는 울면서 눈에 먼저

보이는 카페 문을 사납게 밀고 돌풍처럼 머리부터 들어
갔다.

　　　　　　　　　　　　　　　— 연락 안 해서 미안.
　　— 양심은 있네.
　　— 안 한 게 아니라 못 한 걸 수 있지.
　　— 오늘까지 읽씹 했으면 진짜 절교였다.

　　카페 실내에는 우는 얼굴을 숨길 수 있는 우거
진 화분들이 많았다. 내가 채팅창에 말을 걸자 다들 금
방 대꾸했다. 제주도로 간 친구가 채팅창에 우도의 검
푸른 바다와 탑처럼 가파르게 쌓아올려진 새까만 돌탑
사진을 올렸다. 앞에서 고개 숙여 기도했다고 했다. 나
도 얼굴을 닦고 물회와 고양이 사진을 올렸다.

　　— 다들 잘 다니고 있네.
　　— ○○ 당근케이크 들고 세화 떠났음.
　　　　　　　　　　　　　　　— 난 다대포 가는 중.
　　— 둘 다 좋겠다. 사실 난 여행 못 감.
　　— 뭐?

— 회사 이야기하면 너무 길다…….

　대신 유기견 보호센터에 봉사 옴.

　사진 볼래?

— 미쳤다. 회사 폭파시켜. 근데 개들은 정말 귀엽네.

— 대신 끝나고 오마카세 예약함.

　돈 오늘 꼭 다 써버릴 거야.

— 맛있는 거 많이 먹어.

　　　　　— 나 사실 한 번도 봉사를 가본 적 없어.

　　　　　　　다음엔 나도 불러줘.

— 그래. 나도 이번에 처음 와봤어.

　가까운 곳부터 찾아보면 분명 나올걸?

— 좋아. 다음 달에 우리 집 주변에서 찾아보고

　내가 너희를 부를게.

— 으악. 인천 멀어. 그래도 갈게.

— 그래. 멀어봤자 부산이랑 제주도만 하겠어?

　여행 잘 마무리해.

　　　　　　　　— 너도 조심히 들어가.

— 안녕. 셋이 모여서 언제 같이 루도 산책시키러 가자.

— 그러자.

　　　　　　　　　　— 꼭 그러자.

　버려지고도 사람을 믿는 개들과 그들의 믿음을 유지시키려고 애쓰는 손들을 생각하다 또 화장실에 가서 주르륵 울고 나왔다. 한 명뿐인 카페의 사장은 예의 바르게 눈을 피하며 모른 척했다. 부은 눈으로 묵묵히 남은 커피를 마시는데 사장이 작은 유리 접시에 반으로 자른 레몬 마들렌을 가져다줬다.

　"신제품인데 한번 드셔보실래요?"

　"고맙습니다."

　마들렌은 달고 맛있었다. 작은 호의는 일상적이라 귀중하다. 건네지 않아도 별 지장 없으니 더욱 마음먹고 건넸을 테니까. 나는 코를 풀고 딸기 케이크도 한 조각 시켰다. 너도 이 케이크를 좋아했으니까. 그러니 사실 가장 비일상적이고 믿을 수 없는 이야기에서도 나는 너를 만나게 될 것이다. 끝내 고집스레 자기중심적으로 애도하면서. 마음이 마침내 닳고 깎여 주머니 속 돌멩이의 크기와 밀도로 영원히 남을 때까지. 죽고 싶어도. 죽고 싶으니까. 좋은 사람이 아니므로 나는 네가 등장하는 이야기를 계속한다. 우리는 개가 파도를 쫓아 달리는 세화 해변에서, 음식을 입에 넣고 우물거리며 차이나타운 언덕에서, 세상 끝의 바다가 내다보이는 골목에서 함께 언제까지고 이야기를 계속한다.

"있잖아. 네가 보낸 편지의 내용을 아는 것이 정말 중요할까?"

"응? 아니. 헉, 그런데 당신 누구시죠. 처음 보는 얼굴인데."

"나잖아! 못 알아보겠어?"

"어, 말투를 들으니 알겠어. 왜 이렇게 얼굴이 변했지? 수염도 났네. 이제 좀 다르게 살아보기로 한 거야?"

"음, 편지를 굳이 읽을 필요가 없는 것처럼 너도 내 사정을 다 알잖아."

"아아, 그러네. 정말 그러네. 이렇게 만나니까 참 웃기고 재미있다."

"나도 네가 재미있다니까 정말 좋다."

썰물 때였다. 강 하구와 만나는 완만한 다대포 해변의 젖은 모래언덕이 드러나 반짝거렸다. 막힘없이 볕이 환한 다대포 근처의 벚꽃은 벌써 대부분 진 채였다. 그래도 언덕을 오르면 하얀 꽃잎과 움트는 새잎 틈으로 출렁이며 빛나는 바다가 아름다우리라는 사실을 짐작할 수 있었다. 나는 해변을 가로질렀다. 어른들을

뒤로 두고 신난 아이들이 해변을 가로질러 종종 뛰어
갔다. 아직 물이 찰 텐데 벌써 몇몇은 웃통을 벗고 서핑
중이었다. 흰 파도를 가르며 부푼 돛들이 바쁘게 나아
갔다. 내가 두고 온 양파는 잘 있을까? 나는 바다 곁 언
덕을 휘감은 돌계단을 오르기 전에, 아무 개를 위한 통
조림을 하나 사서 길모퉁이에 뜯어놓았다. 지나가던 고
양이가 먹어도 참 좋을 것 같았다.

구

　　이 마지막 이야기는 개도 고양이도 아닌 거북을
찾으며 시작된다. 구라고 불리는 한자들에는 실로 다
양한 뜻이 있는데 개중 귀라고도 읽히는 구龜는 거북의
등껍질, 패물, 그것을 써 앞날의 길흉을 점치는 행위를
뜻한다. 오래전에는 거북의 크고 단단하고 잘 말린 등
딱지의 얽힌 무늬를 헤아려 중요한 사람과 나라의 앞날
을 읽었다. 또 어떤 옛사람들은 거북 등딱지에 산양 뿔
을 걸고 소 힘줄을 현으로 엮어 긴 이야기를 노래했다.
만나고 사랑하고 헤어지고 죽는 인간사와 운명이 얽힌
이야기. 긴 이야기가 기억되고 전해지려면 운율과 가락

을 입어야 했다. 이야기에 옷을 입히려면 거북과 산양과 소는 제물이 되어야 했다.

등딱지가 벗겨진 거북은 어떻게 됐을까?

초등학생은 만 아홉 살로 3학년이다. 초등학생이 찾으려는 거북은 사실 자기 소유가 아니다. 소중한 친구가 키우던 거북이다. 초등학생이 태어나기 전부터 키우던 늙은 개가 작년에 죽고, 집에서는 이제 암묵적으로 동물을 기르지 않게 됐다. 어린 동물을 기를 여력이라면 초등학생만으로 버겁다. 엄마와 아빠는 개 사진들을 떼어내고 빈 벽에 화분을 걸었다. 어린 누나의 사진은 여전히 남아 여름이면 푸르게 무성해지는 잎들 사이에 쑥스러운 듯 고개를 내밀고 있다.

개가 살아 있을 적에도 집은 적적했다. 늙은 개가 뭐든 귀찮아했기 때문이다. 볕이 잘 드는 남향의 단독주택이라 집 안의 적요가 더 두드러졌다. 이따금 엄마와 아빠가 조용한 집이라서 어린 네게는 미안하다고 사과했다. 초등학생은 당황했는데, 이미 집안 분위기에 익숙해진 데다 사실 그런 사과는 받아주는 수밖에 없었기 때문이다. 뭐라고 하겠는가. 주말 오후 초등학생이 학원에 다녀올 때 식탁에 우유와 빵 간식이 준비되어 있다면, 엄마나 아빠가 죽은 누나의 방에서 시간을 보낸다는 뜻이었다. 둘 다 들어가는 경우는 드물었고 만약 그런대도 둘이 같은 공간에서 함께 슬픔을 나눈다고는 볼 수 없었다.

각자 견디는 건 서글픈 일이다. 소중한 친구에게도 이 이야기는 못 털어놓았다. 여러 식구와 원룸에 엉켜 사는 그 애가 비웃을 게 뻔해서였다. 하지만 아니었을 수도 있다. 만약 이야기를 나눴다면, 아주 다른 처지에도 불구하고 소중한 친구 특유의 이해심으로 받아들여줬을 수도 있다. 그런 조바심으로 초등학생은 밤길의 탐색에 나섰다.

초등학생은 수학학원에 가기 전 미리 준비물을 챙겼다. 엄마에게 연락이 가기 때문에 학원을 더 빠질 수는 없다. 어제 학원에 삼십 분 늦은 것만으로도 바로 문자와 전화가 갔다. 대신 학원 가방에 비닐장갑과 모종삽과 작은 랜턴과 짭짤한 과자와(거북이 살아 있다면, 먹고 싶어질 수 있으니) 보조배터리와 준비물 사라고 받은 엄마의 체크카드와 자기가 먹을 초코바를 쑤셔 넣었다. 수업을 마칠 무렵 하원 버스를 타러 나가는 대신 학원 화장실에 틀어박혔다. 정말 배가 아팠던 것도 사실이다. 초등학생에게는 긴장하면 아랫배가 사르르 아파 오는 고질적 배앓이가 있다. 가만 버티면 통증이 내장 전체를 쥐어짠다. 아무것도 못 싸고 찌뿌듯해도 바지를 까고 한동안 변기에 앉아 있어야만 했다. "똥쟁이! 또 똥 싼다! 얼른 나와!" 소리치며 버스를 타러 뛰쳐나간 학원 친구들은 초등학생이 화장실에 있는 줄만 알고 언제 버스에 안 탔는지는 모를 것이다.

　　배앓이는 단연코 초등학생 삶의 걸림돌이다. 발표를 앞뒀을 때, 시험기간, 모처럼 중요한 결심을 할 때 화장실로 도망치는 스스로가 비참하다. 더 자라면 긴장감과 배앓이와 무력감이 꼬리를 물고 저들끼리 자라나는 악순환을 끊을 수 있을까? 아빠는 그럴 수 있다고 장담했다. 자라면서 뼈와 근육처럼 위장도 점점 튼튼해진다고. 그러니까 아주아주 오래 살라고 했다. 나이 든 엄마랑 아빠보다 더 오래. 정작 아빠는 초등학생이 달걀 껍데기나 설탕으로 만든 과자인 것처럼 부드럽게 대했다. 어제 수학학원에 왜 늦었는지도 더 물어보지 않았다. 무슨 일 있으면 이야기해라, 그게 다였다.

　　엄마 아빠를 속여서 미안하지만 엄마 아빠가 아무리 관대해도 한밤중에 냇가에서 소중한 친구의 거북을 찾아다니는 것까지 허락해줄 것 같지는 않다.

옛이야기 속 거북은 느리고도 끈질기다. 토끼가 잠든 사이에도 엉금엉금 나아간다. 느린 만큼 거북은 보통 오래 산다. 다윈이 갈라파고스 제도를 탐사하며 데려온 거북은 무려 백칠십육 살까지 살았다고 한다. 연구를 마친 다윈은 거북을 남에게 맡기고 귀국해버렸지만, 커다란 거북은 다윈이 죽고도 21세기까지 살아남아 많은 사람을 감탄케 했다. 그쯤 되면 다윈의 거북이란 명목뿐이고 그냥 누구의 것도 아닌 거북 자신의 삶을 살았다고 해야 하는지도. 소중한 친구의 거북은 강자갈처럼 작으니 그만큼 늙었을 리도 없다. 소중한 친구는 거북이 적게 먹고 똥도 조금 싼다고 했다. 어쩌면 더 맞는 먹이를 찾아줘야 하는지도 모른다.

둘은 초등학생의 핸드폰으로 거북에 관해 검색하다가 잊을 수 없는 영상을 봤다. 처음에는 뭔지도 못 알아봤다. 왜 거북을 검색했는데 그런 영상이 추천 탭에 뜨는지도 몰랐다. 사냥모를 쓴 남자가 씩 웃으며 커다란 아이스박스를 연다. 냉기가 걷히자 박스 안쪽에 힘줄이 불거진 창백한 회색 덩어리가 보인다. 떨리는 고개를 들고 뻐끔대며 입 벌린다. 진물이 흐르는 입안

이 새카맣다. 남자는 전문 낚시꾼으로, 거북을 잡아 요리하려고 등딱지를 벗겨냈다. 그리고 목과 발에 칼집을 내 넣어뒀다. 그래도 이 지독한 놈은 살아 있지. 남자는 꿈틀거리는 거북이 든 아이스박스를 발로 차며 혀를 내두른다. 거북은 여전히 입 벌리고 차가운 공기를 들이마시려 소리없이 애쓰는데.

창백해진 초등학생이 화장실에 다녀왔다. 소중한 친구가 씩 웃으며 어깨를 두드려줬다.

"이런 게 뭐가 무서워?"

초등학생은 여전히 무섭다고 생각한다. 가망이 없는데도 입을 벌리고 살아보려는 모습이 촬영되고 전시되는 일련의 과정이 무섭다. 하지만 소중한 친구의 말도 맞다. 화면 안보다는 바깥에서 벌어지는 일들이 더욱 무섭다. 불법이민관리소에 구금됐다는 소중한 친구의 가족들. 교무실에서 그 말을 주워듣고 초등학생은 구금이라는 단어를 찾아봤다. 구금拘禁이란 혐의가 있는 피고인을 가둬놓았다는 뜻이다. 소중한 친구의 쌍둥이 동생들은 태어난 지 이제 세 살인데.

돌아올 가망이 없으면 어떡하지?

거북을 찾으면 친구가 돌아올 거야.

입 구口라는 한자는 벌어져 숨이 드나드는 작은 구멍을 뜻한다. 살기 위해서는 누구나 입 벌리고 숨을 쉬어야 한다. 껍질이 벗겨져 죽어가는 입도, 마스크에 숨겨지고 감춰진 입도 마찬가지다. 의도하지 않고도 꿈을 꾸듯, 본능이 살고자 하는 일이다.

작년 봄, 근처 샛강으로 학급 소풍을 갔을 때 아이들은 모두 마스크를 내리고 바람을 맞으며 기뻐했다. 소풍 장소는 뻔했지만 마스크를 귀나 턱이 아닌 손목에 달랑달랑 매달고 코 킁킁 벌름대며 걷는 것만으로도 마냥 즐거웠다. 커다란 잉어들이 입을 뻐끔거리는 하천을 따라 재잘거리며 걷다가 공원과 강둑에 흩어져 도시락을 먹었다. 초등학생이 도시락 김밥에서 당근을 골라내는데 소중한 친구가 옆구리를 쿡 찌르더니 다른 애들 몰래 주머니 안쪽을 보여줬다. 큰 소리는 못 내고 자랑은 하고파 입술을 꽉 물고 득의양양한 표정이었다. 삼각김밥을 세 입 만에 먹어치운 소중한 친구가 햇빛을 받아 완만하게 반짝이는 물고랑을 내다봤는데 열매처럼 빨간 얼룩을 매단 거북이 스르르 헤엄치는 모습을 봤다. 소중한 친구가 손을 내밀자 머리를 내밀고 꼬물거리며 손바닥 안으로 들어왔다고 했다. 저절로 집을 찾아온 것처럼. 그렇게 건졌다.

"건졌다고?"

"내 손안으로 저절로 들어왔어."

초등학생은 그 말을 믿었다. 소중한 친구는 거짓말하는 법이 없다. 굳이 진실을 말하지 않을 뿐이다. 그러니까 말을 했다면 그건 맞는 말이다. 그런 정직함에 있어 소중한 친구는 초등학생의 양친을 포함해 주변의 누구보다도 어른스럽다. 하지만 초등학생이 건네준 당근 스틱을 거북에게 먹이는 소중한 친구의 뺨은 어린애답게 환한 홍조를 띠었다. 거북은 당근을 꼭꼭 잘 씹어 삼켰다.

"오늘 우리는 도심 속 하천으로 소풍을 떠나 자연을 느꼈어. 인간 말고도 참 많은 것들이 살고 있었지?"

소풍을 다녀와서 다들 피곤해졌다. 아이들이 심드렁해도 담임선생은 꿋꿋이 PPT를 켜고 하천에 대해 설명했다. 자연은 힘이 세다. 자연은 상처 입어도 느리지만 확실하게 회복한다. 인간이 거듭 상처주지만 않으면 훨씬 괜찮을 거다. 다들 쓰레기는 버리지 않았겠지? 우리 고유한 자연은 나름의 생태계를 이뤄 돌아가고 있다. 덩치 크고 볼이 불룩한 황소개구리, 머리에 붉은 반점이 난 붉은귀거북은 대표적 외래종으로 우리나라의 고유 생태계에 끼어들어 해를 끼친다. 원래 우리와 어울려 살던 종이 아니기 때문이다.

담임선생이 외래종이라고 발음할 때 교실 어디서 지우개 토막이 날아왔다. 연달아서. 한 명의 지우개가 아니었다. 두세 조각은 소중한 친구의 뒤통수와 어깨를 맞히고 떨어졌다. 몇 명이 웃었지만 대부분 따라 웃지 않아 교실은 금세 잠잠해졌다. 담임선생은 아무것도 보지 못한 듯했지만, 헛기침을 하더니 씩 웃고 태연한 말투로 설명을 이어갔다.

"다들 좋아하지 않는 러브버그도 사실 외래종이지만 익충이기도 해요. 유익하고 우리에게 필요하다는 뜻이지요. 러브버그는 따로 옮기는 병도 없고, 식물의 수분공급 활동도 돕는대요."

"우웨엑." "벌레 징그러워요." "러브버그 둘이 붙으면 뭐 해요, 쌤?" 술렁대고 킬킬거리는 애들 머리 위에 시선을 꽂은 채 담임선생은 상상해보라고 했다.

"외래종이 생태계를 해친다는 건, 그들의 생명력이 그만큼 강하다는 뜻이기도 해요. 인간들이 함부로 버린 금붕어는 좁은 어항을 떠나면 개울에서 무려 1미터 가까이나 자라기도 한대요."

　　소중한 친구는 무엇도 보거나 듣지 못한 듯 눈을 내리깔고 스케치북에 그려진 빨간 머리 장식을 매단 거북을 마저 칠했다. 그 애는 두 살 때 한국에 왔지만 때에 따라 한국말을 못 알아듣는 척하는 데에 능숙하다.

　　종례 직전, 발이 걸린 초등학생이 휘청거리다가 손에 든 우유를 지우개를 날리고 웃음이 터진 자리에 몽땅 쏟아버렸다. 책상과 펼쳐진 알림장과 책가방이 축축해졌다. "똥쟁이!" 애들이 비명을 질렀다. 하지만 초등학생이 실수한 척 쩔쩔매니 담임선생이 오히려 그 애들을 혼냈다. 연기에는 자신이 있었다. 사람들은 누구나 연기를 하니까 보고 배울 대상이 많다. 엄마 아빠도 연기를 한다. 어쩌면 연기 실력과는 상관없이, 아주 오래전 초등학생의 누나가 자살했다는 이유로 담임선생이 초등학생을 봐주는지도 모른다. 엄마 아빠는 초등학생이 새 담임을 만날 때마다 덤덤한 척 누나 이야기를 털어놓는다. 엄마와 아빠가 다녀간 뒤면 선생이 초등학생을 찾았다. 초등학생은 그럴 때 배가 아프다는 이유로 늘 화장실에 있었지만.

종례 즈음 벼른 애들이 쫓아오기 전에 초등학생은 얼른 화장실로 달려갔다. 맨 안쪽 문을 잠근 뒤 책가방을 안고 변기에 앉았다. 복도에서 투덜거리며 초등학생과 소중한 친구와 담임선생을 욕하는 여러 목소리가 지나갔다. 초등학생은 창밖 화단의 풀벌레 소리를 들으며 자신의 쓸모에 대해 생각했다. 화장실 창 방충망에 엄지손톱만 한 거미가 부지런히 기어가며 낚시 그물을 짜고 있었다. 잡아 죽이려는 쪽도 피하려는 쪽도 열심이다. 필사적이란 얼마나 조마조마할까?

또 연기에 대해서도 생각했다.

외로울 때 못 보고 못 들은 척하기 말고 어떤 연기를 더 할 수 있을까?

마음속의 진짜 슬픔을 가리려고 슬픔을 연기할 수도 있을까?

솔직히 누나가 제대로 기억나지 않는데도 때로는 필요에 따라 슬픔을 연기하는 스스로의 상황이 슬퍼진다면, 그건 뭘 위한 슬픔일까?

변기에 앉아 느긋이 빈둥거리다 나와 보니, 다른 애들은 다 갔고 소중한 친구만 화장실 앞 벽에 기대서 있었다. 알아주길 바라고 한 행동은 맞지만, 소중한 친구가 다 안다는 듯 쳐다보자 초등학생은 괜히 겸연쩍어서 한참 손을 씻었다.

"고마워."

그날 처음으로 초등학생은 소중한 친구의 집으로 초대받았다. 소중한 친구의 양친과 형과 누나와 최근 걷기 시작한 쌍둥이 동생까지 여섯 식구가 사는 집. 작은 붉은귀거북도 같이 살게 된 집. 그저께 밤까지의 이야기다.

어제 새벽부터는 소중한 친구를 포함한 여섯 식구가 불법이민관리소에 갇혀 있다. 거북만 빼고. 작은 거북은 누구도 신경 썼을 것 같지 않다. 친구의 집에는 난장판으로 챙기지 못한 가재도구가 온통 널려 있었으니까. 일기장. 핸드폰. 누구 하나 가장 중요한 것도 챙길 시간이 없었던 게 분명했다. 스카프와 히잡 틈에서 초등학생은 거북이 내내 웅크려 지내던 도자 그릇을 찾았다. 끈적이는 그릇은 실금이 간 채로 엎어져 있었다. 갔는데, 바닥에 쏟아진 물이 다 마르지도 않은 채였다.

집에서 키워지던 동물에 대해 더 말해볼까. 구狗라고 읽는 한자는 거를 뜻한다. 개 견犭 자에 짖어대는 소리 구句를 합쳐 만든, 한때는 특히 강아지를 이르던 글자다. 강아지와 개를 따로 불렀다는 사실은 강아지와 자란 개들이 얼마나 오래 우리의 일상에 스몄는지 일러 준다. 개 견 자에는 하찮다는 뜻도 있는데, 과연 개들은 하찮고 소소한 일상의 말속에서도 꼬리 치며 짖는다. 개같다. 개만도 못하다. 개똥도 약에 쓰려면 없다. 개밥에 도토리 신세.

집에서 마지막으로 키웠던 개가 늙어 죽어가던 날 밤, 양친은 둘만 동물병원에 들러서 밤을 샜다. 훌쩍거리는 초등학생을 사촌 누나네 자취방에 맡기고서.

초등학생이 보기에 사촌 누나는 좀 별났다. 얌전히 있다가도 흥이 오르면 중얼중얼 말을 엄청 많이 한다. 애들에게 써먹으라고 열을 내며 복싱 기술도 가르쳐줬다(써보지는 못했지만). 어울려 놀자면 다소 변덕스러운 성격이 재미있기는 했다. 자취방에는 우유를 훔쳐 먹은 것처럼 입가만 새하얗고 사람을 꺼리는 고양이도 있다. 다른 사람 보기를 꺼려해서 손님이 오면 방 안에 숨어버리는 고양이가 가끔 문틈으로 고개 내미는 게 무척 귀엽다. 사촌 누나는 고양이가 스트리트 출신인 데다 아직 새끼라 낯선 인간에 대한 경계심이 많다고 했다. 개는 초등학생보다도 나이가 많아서 기억하는 한 늘 드러누워 심드렁한 상태였는데. 하지만 그날은 무엇과도 도저히 놀 기분이 아니었다. 아무리 떼를 써도 양친은 초등학생을 개가 죽어가는 병원으로 데려가지 않았으니까.

비좁은 화장실에서 바지를 까고 끙끙 앓았지만 아무것도 나오지 않았다. 사촌 누나는 화장실 문 밖에서 한숨을 크게 쉬더니 누구한테 배웠다는 이상한 삼단 호흡법을 가르쳐줬다. 숨을 크게 들이쉬고 내쉬라고. 심호흡의 패턴에 맞춰 생각을 3단계로 끊으라고. 받아들일 수 없는 생각을 천천히 나눠 받아들이라고. 예컨대 이런 식으로.

1. 개는 죽는다.
2. 나도 죽는다.
3. 언젠가는 다 죽는다.

"누나, 미안한데 나 심한 말 해도 괜찮을까?"
"뭔데?"
"그런 거는 개소리야."

　　연장자에게 그렇게 심한 말을 실제로 해본 게 처음이라 초등학생도 뱉어놓고 찔끔했다. 하지만 사촌누나는 별난 성격답게 화를 내지 않고 또 다른 삼단논법을 내놓았다.

　　1. 슬프다.

　　2.너무 슬프다.

　　3.진짜로 너무 슬퍼서 슬플 수밖에 다른 도리가 없다!

　　"이 편이 낫니?"

　　그런 것 같다. 배가 아프면 바지를 까고 똥을 싸야 하는 것처럼, 슬픔을 배설하려면 일단 뱃속에 그게 잔뜩 쌓여 있다는 걸 인정해야 한다. 그리고 초등학생의 개는 먼 언젠가가 아니라 아마도 곧, 오늘 밤 죽을 거다. 초등학생이 기억하는 내내 개는 이미 나이 든 뒤였다. 누나와 같이 찍혔다는 이유로 사진을 많이 없애버려서 귀여운 강아지 시절은 거의 보지도 못했다. 사실 개가 움직이기 귀찮아하는 것도 당연했다. 눈이 거의 보이지 않게 됐으니까. 그래도 같이 놀자 매달리면 낑낑대면서도 가끔은 초등학생의 슬픔을 냄새 맡은 듯 조용히 다가와 다정히 코를 맞대 비비고는 했는데. 비 내리는 날은 싫어하고 여름의 아삭아삭한 당근을 좋아 했는데. 늙은 개는 최근에 급격히 상태가 나빠졌다. 눈 곱 낀 눈물을 흘렸고 호흡기를 끼고도 헐떡였으며 바닥에 잠자코 누워 몇 시간이나 자기도 했다. 지켜보기도 고통스러운 모양새였다. 이렇게 사는 것은 개에게도 고통스러운 지속일 뿐이라고 했다.

그래서 초등학생은 받아들일 준비가 되어 있었는데.

그렇게 받아들여서 견디고 보내줄 준비를 하고 있었는데.

기회를 빼앗긴 초등학생이 울다가 지쳐서 이온음료를 마시다 또 울고 화장실에 다녀오는 동안 사촌 누나는 닫힌 침실 문 앞에 앉아 조용히 기다려줬다. 화장실에서 나오자 따뜻하게 데운 우유와 각진 초콜릿이 준비되어 있었다. 닫힌 문 안쪽에서 보이지 않는 고양이가 이따금 조용히 울었다. 초등학생은 우유를 마시며 사촌 누나에게 물었다.

"고양이 나오게 해주면 안 돼?"

"미안해. 나도 위로해주고 싶지만, 고양이가 원

치 않는 걸 억지로 시킬 수는 없어."

사촌 누나가 초콜릿을 입안에 두 개씩 넣어주며 말했다. 받아들일 준비가 되어 있지 않으면 뭔가를 시킬 수 없다는 말. 그 말이 아주 조금 위로가 됐다.

혼자가 아니라 둘이서 거북을 찾으면 좀 낫지 않을까? 하지만 사촌 누나에게 지나친 실례인 것 같아 기각. 거북을 찾는 데 있어 사촌 누나의 쓸모는 다른 데 있다. 핸드폰을 켜자 부재중 연락이 쏟아졌다. 초등학생은 눈 딱 감고 다른 건 아무것도 확인 안 하고, 사촌 누나네 집에 놀러 갔다고 아빠에게 문자를 보냈다. 사실 자기 집에서 재워주기로 사촌 누나랑 약속했다고, 나중에 들를 거라고. 그리고 바로 종료. 엄마랑 아빠가 자취방에 바로 찾아가면 어쩌지? 사촌 누나가 그런 변명쯤은 알아서 해주겠지, 대학생인데. 초등학생은 멋대로 생각하기로 했다.

소중한 친구는 그저께부터 학교에 오지 않았다. 학원을 다니지 않는 친구라 학원 애들에게 물어봐도 몰랐다. 메시지도 전화도 받지 않았다. 어제부터는 핸드폰도 아예 꺼져버렸다. 어제 교무실에서 담임선생이 불법이민자 단속과 구금에 대해 전화기에다 뭐라 외치는 걸 듣기 전부터 초등학생은 뭔가 단단히 잘못됐다는 사실을 느꼈다. 하지만 사람이 살던 집이 그렇게 온통 흐트러져 있을 줄은 몰랐다.

소중한 친구의 여섯 식구와 거북이 살던 반지하 투룸에선 창가에 스티로폼 상자를 두고 허브 모종을 키웠다. 상자가 좁은 마당 저편으로 날아갔고 모종도 짓밟혔다. 빌라 현관문도 열려 있었다. 문틈에 끼인 고무 슬리퍼 덕에 비밀번호를 누를 필요는 없었다. 내내 뛰어와 땀범벅으로 헐떡거리던 차였는데 문손잡이를 쥐고 돌리면서 호흡이 차츰 잠잠해졌다. 뭔가를 피해 숨듯 소리를 죽이게 됐다. 이미 일이 다 벌어진 실내는 끔찍하게 조용했는데도.

겨울 파카와 스카프 위에는 분유통이 쏟아져 있었고, 플라스틱 숟가락 위에 엎어진 '물어' 교과서 표지에는 발자국이 찍혀 남았다. 둘이 같이 장난치며 유성펜으로 글자를 바꿔 적은 국어 교과서였다. 초등학생은 소중한 친구의 집을 숨죽여 둘러보는 내내 쿵쿵 뛰는 제 심장 위를 꽉 눌렀다. 학원도 잊었고, 흐르는 시간도 잊었다. 며칠 만에 알아볼 수 없게 된 집이었다. 살던 사람들이 끌려 나간 집은 삽시간에 표정을 잃었다. 등딱지 뜯긴 거북처럼 소리 없는 비명을 질렀다. 벌어진 입가로 흐르는 땀처럼, 진물처럼, 피고름 섞인 눈물처럼 초등학생은 흘러내려 녹아버렸다. 무너졌다. 그리고 거북도 집을 떠났다. 팔꿈치가 닳아 바랜 겨울 파카 아래에 금 간 그릇에서 흐른 물이 눅눅하게 고여 있었다.

작은 거북이 어떻게 계단을 올라갔을까? 혹시 더 아래, 계단참 아래 공용 창고로 기어 내려갔을까 싶어 초등학생은 먼지가 피어오르는 계단 아래로 고개를 디밀었다. 무릎으로, 손바닥으로 바스락대는 과자 껍질 죽은 벌레 먼지 말라붙은 가래침 쓰레기 어둠을 더듬어 만졌다. 찾는 것은 없었다. 문득 고개 들어 보니 소리 없이 열린 옆집 현관문 틈으로 주름진 얼굴이 보였다. 초등학생은 울고 있었는데 마주 본 노인은 표정 없이 고개를 가로저었다.

"다 갔어. 끌려갔어."

어둠 속에서는 시야 대신 무릎 종아리 손바닥 코에 의지해 나아가야 한다. 미끄러운 물속 뾰족한 바위는 피하고 등딱지처럼 작고 둥근 자갈은 신중하게 들어본다. 바람 없이 습한 밤이었지만 공원 옆 강가로 조깅하는 사람이 몇 지나갔다. 어느 동네에서는 작은 야시장이 열리는지 불 밝힌 매점이 얼핏 보였고 웅성대고 웃는 소리가 돌다리 위로 흩어져 들렸다. 초등학생은 꼭 가출 청소년처럼 행인들을 피해 몸을 웅크리고 훑었다. 작은 거북이라면 붐비는 사람들을 피해 숨었을 것 같았다. 물론 작은 거북이 6차선 도로와 횡단보도와 자전거전용 도로를 지나 저가 살던 하천까지 왔다면 말이다. 만약 작은 거북이 다윈의 거북처럼 백칠십육 살까지 살았더라면, 무지막지하게 현명해져서 그쯤은 쉽게 해냈을 텐데. 하지만 소중한 친구의 작은 거북은 매번 당근 스틱을 쥐어도 못 알아보는 양 초등학생의 손가락을 깨물고는 했다. 심지어는 주인인 소중한 친구의 손도 물었다. 엄지와 검지 끝에 똑같은 잇자국을 매단 둘은 아픈 척 서로 우스꽝스러운 표정을 지어 보이며 웃었다.

"이 녀석은 바보야. 누가 자기에게 먹이를 주는지, 누가 자기에게 쓸모 있는지도 몰라!" 소중한 친구는 혀 내밀고 웃으면서 생채기 난 손끝으로 초등학생의 손끝을 톡톡 마주 쳤다. "그래서 더 마음에 들어!"

공원 시계를 보니 자정이 가까웠다. 배가 조금

아팠지만 참을 만했고, 화장실에 들를 시간도 없었다. 소중한 친구의 집 골목부터 하천 근처의 공원까지 두 시간 가까이 걸렸다. 전속력으로 달리면 이십 분 정도지만 군데군데 흙을 파고 쓰레기봉투나 뒤집혀 길에 말라붙은 비닐 봉투를 뒤집으면서 꼼꼼히 탐색할 필요가 있었다. 더러워진 손을 몇 번이나 바지에 문질러 닦았다. 초등학생의 느낌으로는 밤새 거북을 찾은 듯싶다.

더럽혀진 바짓단이 허벅지까지 축축해져 개울가 풀숲에서 비틀어 짰다. 세차게 넘어져 무릎도 까졌다. 다시 개울로 들어서는데 미끈대는 뭔가가 종아리를 길게 스치고 지나가 놀란 초등학생은 철퍼덕 소리를 내며 또 한 번 엎어졌다. 팔뚝만 한 잿빛 붕어였다! 낮에는 느긋하게 먹이를 기다리며 물속에서 흔들리던 녀석들도 누가 저들 잠자리를 들쑤시니 의아했나 보다. 초등학생은 날벌레가 몰려드는 물가에 망연히 앉아 있다가 대답 없을 혼잣말을 했다.

"미안해!"

아랫입술을 깨물고 넘어진 곳 근처의 납작한 돌부터 차근히 뒤집어봤다. 거북의 등딱지와 아주 닮은 돌이라서. 하지만 그건 그냥 돌이었다. 초등학생은 다시 손으로 엉금엉금 움직여 이번에는 작은 돌들을 뒤집어 확인하기 시작했다. 거북이 죽었다면, 작은 거북의 등딱지까지 누가 뜯어 가려고 욕심내지는 않을 테니까, 그렇게 납작하게 어둠 속에 웅크려 있을 것 같아서.

그러니까 사실 초등학생은 거북이 살아남았을 리 없다고 생각한다.

거북이 거의 확실하게 죽었을 거라고 인식한다.

구할 구求 자의 뜻은 필요한 것을 찾아 청하고 바라다가 끝내 원망하고 탓하게 된다는 뜻으로 이어진다. 이뤄지지 못하는 마음은 구하다 못해 비틀리고 꺾이면서 스스로를 옥죈다. 지금 구조가 필요한 쪽은 거북이 아니라 초등학생이다. 어딘가에서 죽어버렸을 작은 거북에게 필요한 것은 구원이다. 거북이 어딘가에서 죽어버렸다 해도, 죽은 거북이 실제로는 아무것도 느낄 수 없다고 해도, 소중한 친구를 대신해 제대로 애도해야 하니까.

사실 초등학생이 구하고 싶은 것은 거북이 아니었다.

초등학생은 체온이 높아 금방 축축해지는 소중한 친구의 손을 쥐었다 놓았다 하며 그 애랑 놀고 싶다.

　　소중한 친구를 구하고 싶은 마음으로 나섰는데, 그럼에도 와 있는 곳은 겨우 여기다.

　　어디로 가야 했을까?

　　겨우 골목과 물가를 뒤지는 정도로 힘에 부칠 줄은 몰랐다. 하천은 저 아래 다리로 계속 이어지는데…… 거기까지는 언제 어떻게 다 누비며 찾지…… 아랫배가 싸하니 아팠다. 물론 아프고 힘들면 집에 돌아가면 그만이다. 유치장으로 느닷없이 끌려간 소중한 친구와 달리 초등학생에게는 돌아갈 집이 있다. 씻을 곳과 혼자만의 누울 침대가 있다. 견딜 수 없는 것을 견디려 애쓰다 아프고 다쳐도, 초등학생은 나아질 테고 끝내 무사할 것이다.

　　통증이 머리뿐 아니라 목과 가슴을 타고 아랫배로도 번졌다. 얕게 흐르는 물가에 앉아 있던 초등학생은 다급히 일어났다. 이미 늦었다. 뱃속이 뜨끔 쑤시더니 막을 새도 없이 묽어진 똥이 조금 샜다. 힘을 주자 더 밀려 나왔다. 젖은 속옷과 바지와 개울물로 미끈하고 축축한 낭패감이 퍼졌다.

　　진물과 악취를 흘리면서 초등학생은 강둑으로 기어 올라왔다. 발이 미끄러져 맨 무릎과 손바닥이 긁혀 까졌다. 축 처진 바지와 속옷을 비틀어 쥐어짜자 손바닥이 홧홧하니 따끔거렸다. 옷들은 버려야 할 것 같다. 눈가가 따끔거렸다. 이를 악물고 얼룩진 얼굴을 막 문질러 닦았다. 땀인 줄 알았는데 눈물도 나고 있다. 힘 빠진 몸이 저절로 떨리면서 눈물방울이 뚝뚝 떨어졌다. 서럽다기보다는 수치스러워 초등학생은 소리 내 울어버렸다. 스스로에게도 헐떡임을 숨기려는 듯 숨죽인 울음소리.

어린아이도 자신의 비겁함에 부끄러움을 느낀다. 너는 무엇이든 네가 바라는 걸 할 수 있다고 우리가 어린아이에게 거짓말을 할 때, 어린아이 또한 그 말이 거짓말이라는 걸 안다. 여기가 한계다.

축축하고 어두운 이 개울 너머로 갈 방법을 모르겠다.

소중한 친구가 돌아오지 못한다고 해도, 여기서 초등학생이 벌인 모든 헛된 탐색과는 상관없는 문제였다.

소중한 것을 찾지 못했지만 노력했다고 스스로에게 말하는 것은 비참하고 수치스럽다.

초등학생은 언제나 어른들이 제각기 숨어 억누

르지 말고 소리 내 울었으면 했다. 그러나 마침내 이렇게 무너진 마음으로 울자, 왜 혼자 숨죽여 울 수밖에 없는지 알 것 같다. 어른들은 한계에 부딪힌 스스로가 부끄러워 소리 죽여 울었던 것이다. 한계를 넘어가지 못하고 이편에 남는 것은 결국 자기 연민이기 때문이다. 저편으로 넘어간 이들에게는 어떤 도움도 줄 수 없기 때문이다.

"누, 누구예요?"

절뚝거리고 물 흘리며 걷던 초등학생에게 어두운 골목 저편에서 누가 불쑥 말을 걸었다. 넓적하고 둥그스름한 실루엣이 스르르 미끄러졌다. 대답 못 하고 숨죽인 잠깐 동안 초등학생은 닌자 거북이를 떠올렸다. 커다란 등딱지와 둥그런 머리 그리고 닌자다운 갑작스러운 습격.

"거기 누구 있죠?"

초등학생이 뒷걸음질 치자 상대가 더 가까이 다가왔다. 어차피 물에 빠진 몸에서 고약한 악취가 나 숨지도 못할 터였다. 가로등 아래 드러난 것은 전동 휠체어였다. 휠체어를 탄 아저씨다. 동그란 눈에 수염이 듬

성듬성하고 배가 불룩한데 일단은 큰 덩치로도 전동 휠체어를 능숙하게 모는 방식, 그것이 눈에 들어왔다. 아저씨는 목을 잘 가누지 못해 자주 꺼떡거렸지만 휠체어는 좁은 골목에서도 미끄러지듯 우아하게 움직였다. 휠체어 앞 바구니에는 잡동사니가 들었고 뒤로는 여러 빛깔의 깃발과 팻말이 꽂혀서 등딱지를 뒤집어쓴 것처럼 실제보다 더 커 보였던 거다. 초등학생의 푹 젖은 꼴을 봤는지 모르는지 아저씨는 코를 긁적거리면서 천천히 고개를 외로 틀더니 느릿느릿 친절하게 말을 걸었다.

"아, 안녕. 오늘 참 덥죠?"

아저씨는 또렷하지만 천천히 말해서 알아들으려면 귀를 잘 기울여야 했다. 휠체어의 바구니에는 많은 것이 있어, 그 속에 있던 수건으로 초등학생의 몸을 닦았지만 마실 것은 없었다. 아저씨는 젖은 수건으로 연신 목덜미의 땀을 훔치면서도 자기 마실 것은 한사코 됐다고 거절했다.

"아니! 나는 뭐 많이 먹고 마셨어요. 배불러. 고맙습니다!"

"하지만 고마운 건 오히려 저인데요!"

강변 편의점 앞에는 두 단 계단으로 된 턱이 있

어 휠체어가 올라가기에는 무리였다. 초등학생은 아저씨의 거절에도 주스 세 병을 고르고 침착하게 신용카드를 꺼내 긁었다. 둘을 사면 하나를 덤으로 주는 상품이라, 남은 주스 한 병은 기어코 아저씨의 바구니에 넣어뒀다. 카드를 어느 편의점에서 사용했는지 알림이 갈 테고, 그럼 양친이 이리로 차를 몰고 올 것이다.

"친구 때문에요. 친구 거북이를 대신 찾으려고 왔는데, 사실 못 찾을 줄 알았어요."

"왜요?"

"거북이는 너무 작아요. 그리고 아마 죽었을 거 같아요."

"왜, 왜 그렇게 생각해요?"

"왜냐하면 다 잘 됐을 거라고 믿는 건 너무 바보 같은 일이니까요."

그날 밤에만 몇 년은 나이 든 느낌이었지만 자신이 한 말의 냉소성에 초등학생 스스로도 놀랐다. 하지만 아저씨는 여전히 느릿느릿하고 친절한 얼굴이었다.

"가— 가여워라. 나도 힘들지만 선생님이랑 우리 누나를 따라 여, 여기 왔어요. 하안참 걸렸어요. 아무리 힘들어도 오늘 여기 와야 된대서요."

주스병을 따던 초등학생은 깜짝 놀랐다. 병을 건네받던 아저씨도 덩달아 놀랐다.

"우리 누나요?"

"네? 우리 누나요."

"누구 우리 누나요?"

초등학생이 서툴게 기울이는 바람에 입가로 흐른 주스를 훔치면서 아저씨가 공원 쪽을 가리켰다.

"그냥 우리 누나가 저기 있어요. 돌봐주는 누나."

불빛이 어른거렸고 작게 튼 음악 소리가 들렸다. 낮의 무더운 열기가 가시지는 않았지만 선선한 바람을 타고 손 글씨 쓰인 깃발이 날렸고 흥분한 말소리가 들려왔다. 나중에 알고 보니 부당한 일상 속 차별 대우에 맞서 투쟁을 결의한 장애인과 비장애인이 여럿 모여 밤샘 투쟁을 준비하던 자리였다. 초등학생도 얼핏 밀리는 버스를 기다리던 정류장에서 장애인 차별에 대한 항의 전단을 봤던 것 같다. 이런 투쟁은 그 전에도 쭉 있었고, 앞으로도 정기적으로 계속된다고 한다. 오늘 밤 투쟁이 다소 규모가 클 뿐이다. 아저씨는 휠체어를 타고 미끄러져가며 외쳤다.

"누나! 여기 어린 동생 있어요!"

그리고 초등학생에게 이 밤은 신기하고 꿈같은 이야기로구나 느끼게 되는 만남이 연이어 일어났다. 근처 대학을 다니는 사촌 누나가 정말로 사람들 무리에 끼어 침낭을 깔고 있었던 것이다. 서로를 언니, 누나, 형, 쌤, 하고 나이와 성별과 장애 여부에 관계없이 다정하게 친구처럼 부르는 사람들이다. 첫 이야기에서 등장했던 사촌 동생은, 갑작스럽게 나타난 제 어린 사촌 동생의 부은 얼굴과 축축한 바지를 보고 비명 같은 소리를 꽥 질렀다. 그리고 더러운 초등학생을 꽉 껴안고 얼룩진 뺨에 축축한 뽀뽀를 막 하더니 다시 번쩍 들어 누군가에게 보여줬다.

"언니, 얘예요. 얘가 동생이에요. 아기 때 보고는 못 봤다 하셨죠? 얘가 이렇게, 벌써 이만큼 컸어요."

그날 밤 마지막으로 벌어진 이상한 일은, 초등학생을 보자마자 어떤 여자가 눈물을 글썽거렸다는 사실이다. 머리카락이 곱슬거리고 긴 여자 혼자만 머리 위로 소나기를 맞는 양 굵은 눈물이 뺨을 타고 흘러내렸다. 아주 가끔 가족 모임에서 나이 든 친척들이 초등학생의 얼굴을 보며 눈물을 글썽일 때 같았다. 하지만 우는 여자는 초등학생의 뺨을 달콤하게 어루만지거나 혀를 차거나 덕담하지 않았다. 부서질까 봐 겁내는 사람처럼 뒤로 물러섰다. 흙바닥에다 코를 팽 풀더니 덤덤하게 말을 건넸다.

"위험한 일은 하지 마렴. 널 아끼는 사람들이 걱정하잖니."

그때껏 초등학생은 자기 행동이 잘못됐다고 생각하지 않았지만, 그 여자에게는 대꾸할 수밖에 없었다.

"죄송해요."

이내 초등학생을 찾아 달려온 엄마와 아빠가 더는 견디지 못하고 눈물 흘릴 줄은 예상했다. 마땅히 사과할 일이었다. 견뎌야 할 일이었다. 그 뒤로 이어진 눈길과 비명과 손짓을 초등학생은 잠자코 받아들였다. 배도 아팠고 슬슬 잠도 왔으니까. 혼자 울던 여자는 숨어버렸는지 보이지 않았다. 사촌 누나가 머리를 긁적이며 몇 마디 끼어들고, 초등학생의 등짝을 막 때리다 들쳐업다 둘 다 하느라 바쁘던 아빠가 휠체어 탄 아저씨에게 꾸벅 고개 숙여 인사하는 모습은 확실히 봤다. 아저씨는 씩 웃으면서 크게 말했다.

"동생! 안녕!"

안겨 가던 초등학생은 아빠 어깨 너머로 손을

들었다. 그러다 아저씨가 못 봤을까 봐 더 크게, 힘껏 손을 흔들었다.

　　소중한 친구의 거북은 돌아오지 않았다. 대신 소중한 친구가 출입국 관리소의 구금에서 벗어나 일주일 만에, 집으로 돌아왔다고 한다.

　　소중한 친구가 학교에 등교하지는 않았다. 다른 아이 중 누구도 딱히 궁금해하는 기색도 없었다. 무슨 난민 인권 단체의 변호사를 통해 소식을 들은 사촌 누나가 문자로 알려준 것이다. 다만 소중한 친구의 엄마와 아빠는 아직도 어쩌구 심사를 더 거쳐야 한다. 비인도적 처사를 규탄하는 저쩌구 성명이 발표될 예정이다. 애들만 일단 인권 단체의 쉼터에서 휴식을 취하고 있다.

　　그러니까 갑자기 잡혀간 그 애들은 창 없는 방에 갇혔다가 다시 엄마 아빠 없이 풀려난 건가?

　　그렇다. 애들의 부모는 심사를 거쳐 추방당할지도 모른다.

　　그런 일이 가능하다고? 초등학생은 재차 답장을 쓰다 지웠다. 더 나쁜 일도 가능하다. 훨씬 더 나쁜 일들이 벌어진다. 거북을 찾던 밤처럼 날카롭게 아랫배를 찌르는 격통이 알려줬다. 친절하게 답변하려는 이 어른도 그 불합리함을 알고 화를 내고 있다고. 초등학생은 더는 따지지 않았다. 대신 물었다.

언제 만날 수 있을까요?

초등학생도 무슨 파티를 기대하지는 않았다. 그래도 자신이 병원에 들러서 친구를 보게 될 줄 알았다. 하지만 주스병을 꼭 끌어안고 엄마의 차에서 내려 사촌 누나를 따라 내린 곳은 높은 빌딩, 낯선 어른들이 서성거리는 복도였다. 쉼터란 사무실 뒤에 칸막이를 치고 간이침대를 놓은 좁은 공간이었다. 서류철과 책장을 급한 대로 빼고 매트리스 두 장을 깐 듯했다. 쌍둥이 동생들을 온몸으로 감싸듯 안은 소중한 친구의 누나가 구석 소파에 웅크려 졸고 있었다. 어깨와 목이 굽어 깨어나면 몸이 쑤실 텐데 미동도 없었다.

소중한 친구는 침대 구석에 기대 앉아 누군가에게 빌린 게임기에 열중했다. 숨소리도 내지 않고 눈과 손가락만 바삐 움직였다. 빌려 입은 인권 단체의 문구가 쓰인 티셔츠가 어른용이라 갓 목욕하고 나온 꼴 같다. 소중한 친구는 고개를 들고 초등학생을 보더니 그제야 씩 웃었다. 마치 올 줄 알고 있었던 것처럼. 웃는 얼굴만은 평소 같았다.

"안녕."

"어. 야, 놀랐지? 나도 그랬어."

"이 주 만이네." 겨우 그 정도 지났다니 믿을 수 없다. "엄청 오랜만 같은데." 그래서 소중한 친구의 대꾸에 고개를 끄덕였다.

"괜찮았어?"

이 속삭임을 내뱉자마자 초등학생은 후회했다. 괜찮았을 리가. 친구의 웃음은 무너지지 않는 대신 가면에 난 새카만 눈구멍처럼 더 골똘하게 깊어졌다.

"음, 나중에 다 이야기해줄게. 우리는 엄마랑 아빠가 오면 집에 갈 거라서."

"아냐. 이야기해주지 않아도 괜찮아."

"어, 그래. 그러니까⋯⋯."

소중한 친구가 게임기를 만지작거리며 말을 더듬었다. 소중한 사람이 꾸며낸 연기를 더는 이어가지 못하고 괴로워할 때 어떤 말을 해줄 수 있을까? 초등학생의 능력 밖 일이다. 초등학생은 마음속에서 부푸는 말을, 사과를 토해냈다.

"미안해. 나 있잖아, 네 거북이를 찾아다녔는데

못 찾았어."

"그건 네가 미안할 일이⋯⋯."

"미안해. 보고 싶었어."

그리고 주고받는 말이 멈췄다. 둘은 할 말을 찾지 못해 손을 꽉 잡았다. 대신 서로를 향해 웅크려 몸을 기울였다. 울음을 삼키려고 헐떡이는 몸은 작은 아이의 것이어도 따뜻하고 놀랍도록 힘이 세다. 가끔은 그렇게 맞잡은 손으로부터 다시 건넬 말이 생겨나고, 또 가끔은 침묵을 껴안은 채로 있어도 충분하다는 것을, 내민 손바닥에 곧바로 응답이 돌아오지 않더라도 기다리는 자세를, 초등학생과 소중한 친구는 자라면서 거듭 배우게 된다.

이렇게 세 편의 흐름 속에서 사람들이 서로를 적절하게 만나 부딪히고 인사하며 뭔가를 나누는 흐름이 이상하다고 어떤 독자는 생각할지 모른다. 하지만 우리의 세상에서는 우리의 움직임에 따라 얼마든지 이런 일이 일어날 수 있다. 이야기 밖 세상에서도 그러하듯 이야기 속에서도 그렇다. 어째서인지 우리는 우리를 연결시켜주는 연약한 이음매들을 때로는 빙 두르고 꼬아서라도 만들고 만다. 그 덕에 만나야 할 사람들은 서로를 생각하고 부르며 이윽고 만나게 되는 것이다.

에세이

이 소설의 주인공

이 연작소설의 주인공에 대해 나는 오래 생각해 왔는데 그것이 꼭 잘 들여다보았다는 뜻은 아니겠다. 오래 곁에 둔 사람에게도 언제나 낯선 면이 발견되는 법이다. 작가마저 소설의 인물을 다 파악하지 못한다는 사실은 내게 이상한 해방감과 불편함을 함께 준다. 헨리 제임스는 소설의 집으로 진입하는 문이 수백만 그 이상이라고 썼는데, 내가 어떤 창과 문을 찾아 열든 그 다음이 있다는 것이 새삼스럽다.

주인공이라는 명사에 관해 표준어국어대사전에서는 다음과 같은 세 가지 정의를 소개한다.

1. 연극, 영화, 스설 따위에서 사건의 중심이 되는 인물
2. 어떤 일에서 중심이 되거나 주도적인 역할을 하는 사람
3. 드러나지 아니한 관심의 대상

「삼각주」는 세 편 중 가장 먼저 완성된 소설이다. 초고를 2020년경 썼고 매년 찾아내 자잘하게 고쳐 썼다. 등단하면 이미 쓴 글은 내놓지 말라던 대학 시절 선생의 충고에도 불구하고 나는 옛 소설을 자주 쏘삭대는 편이지만, 「삼각주」는 개중에서도 남다른 데가 있다. 초고를 쓴 이후 나는 내가 언제고 어떤 형태로건 이 이야기를 세상에 내놓게 될 거라고 확신했다. 건방진 말이지만 이야기 자체의 완성도와는 별개의 문제였다. 「삼각주」의 주인공이 그런 힘을 가지고 있었다. 이 주인공이 몇 년간 기운 좋게 돌아다니며 생각하고 행동한 덕분에, 자음과모음 출판사의 〈트리플〉 시리즈에 마땅한 소설을 구성하면서 「99」와 「구」가 큰 파도 앞뒤로 이는 잔물결 아래 땅처럼 드러나게 되었다. 물론 크기가 중요하지는 않아서 「99」와 「구」의 주인공들 또한 곧 자신의 목소리를 찾아냈다. 특히 「구」를 쓰면서는

2010년대생인 수도권 출신 초등학생 남자아이처럼 나와 다른 조건의 주인공이 때로는 나를 표현하기에 더 적합하다는 소설적 역설을 새삼 되새길 수 있었다. 나는 숨고 싶은 걸까? 비겁한 것일 수도 있다.

　　세 주인공 모두 내가 아니기에, 「삼각주」를 처음 쓸 당시 내가 골몰했던 고민을 나눠 안고 각자의 방식대로 움직인다. 그들은 가까운 사람의 자살에 대해 알고 싶은 것이 아니다. 그들은 자신이 따라 죽어버리길 원하지 않는다는 사실을 받아들이려 노력한다. 훼손 이후에도 우리 자신을 살게 하는 힘이 때로는 우리의 의지에 반할 정도로 폭력적이라는 것. 어쩌면 훨씬 전부터 그런 고민이 내게 잠재했을 수도 있다. 일고여덟 살 때 집에서 키우던 거북이 죽어 양친이 치웠는데, 나는 동생과 이웃집 아이들을 선동해 집 앞의 공터를 몇 시간 동안 파 뒤집어놓았다. 양친은 거북을 묻어주었다고 했지만 어쩐지 그럴 리 없다고, 거북은 쓰레기처럼 버려졌을 것이라고 나는 양친을 사랑하는 마음과 별개로 강하게 홀로 믿었다. 그러니 거북을 찾자, 죽음을 확인한 뒤 마땅한 형식을 갖춰 장례를 치러야 한다고 어린 나는 강하게 주장했다. 이 기억이 실제와 다를지도 모르겠다. 중요한 것은 내가 이 기억을 오늘날까지 나를 이루는 요소로 선택했다는 사실이다. 「삼각주」를 처음 쓸 때는 죽은 자의 흔적을 찾아보자는 정도가 아니라 찾아내야만 한다는 절박함이 컸다. 나는 살아 있는 한 훼손과 폭력을 받아들이고 내 것으로 삼아야 했다.

　　물론 나는 소설 쓰기 외에도 해결법이 있다는 것을, 압도적으로 흐르는 시간 자체가 내 절박함을 무디고 빛바래게 하리라는 것을 알고 있었다. 「삼각주」의 화자는 그런 폭력적인 시간의 흐름을 살아서 거부하고픈 불가능한 소망 탓에 꿈을 꾸고 책을 읽고 그러다가도 운다. 꿈속의 자신이 편지와 돌을 냅다 던지고 도망갔으므로, 모든 무게가 언젠가는 너무 거창하게 느껴지고 삶의 균형이 돌아오리라는 예감으로, 사실 상처가 이미 아무는 중이므로 우는 것이다. 삶은 횡으로 흐른다. 되어가고 있는 순간은 끊임없이 지나간다. 써보니 소설 속에서도 마찬가지였다. 『삼각주에서』의 주인공들은 모두 눈물을 흘리는데, 삼각주는 눈물이 퇴적되어 만나는 장소이기도 하다.

　　한편 지류들이 모인 강의 하류는 더 넓은 바다로 흘러간다. 슬픔은 실천으로 이어진다. 그러지 않으면 스스로에게 다시 젖어든다. 자신과 직접 엮이지 않은 사회문제에 연대하고 운동하기. 내가 「삼각주」의 초고를 쓴 이후 삶에서 익혀 「99」와 「구」에 어설프게 적용한 방법이다. 「구」의 주인공은 어린아이다. 내면의 고통에 진실하게 응답하려면 외부의 긴급한 호출에 함께 반응해야 한다. 자기 연민과 자아도취를 덜어낸 확장을 이루기 위해 나는 「99」의 주인공을 나처럼 만드는 대신 내가 「구」의 주인공이 되고자 했다.

바깥으로 눈을 돌려 봐야 할 일은 많다. 놀랍고 슬프게도 장애인의 이동권과 관련된 국내 환경은 2020년 이후 지금까지 딱히 개선되지 않았다. 나는 올해 5월 서울 마로니에공원에서 전국장애인차별연대 일원으로 노숙 농성을 하였는데 낯선 곳에서 자고 일어나는 경험이란 하루뿐이어도 마음에 오래 남았다. 나무 아래에서 코를 훌쩍이며 눈뜨고 나니 일상에 만연한 차별의 풍경이 놀랍지는 않아도 당연할 수도 없구나 싶었다. 일상이 붕괴되었다는 우리의 당혹감에, 붕괴는 늘 우리 일상이었다고 응수하는 이들을 떠올려보라. 서점을 운영하는 나의 친구는 이주노동자 불시 단속으로 갑자기 주인을 잃은 고양이를 맡아 키우고 있다. 원

고양이 주인은 가재도구가 흩어진 집의 고양이를 돌봐
달라는 말도 남기지 못하고 구금 하루 만에 추방됐다.
「구」의 주인공은 소중한 친구를 돕기 위해 큰 용기를
낸 것이다. 마침내 고양이를 키우기로 한 「99」의 주인
공도 그렇다. 그리고 「삼각주」의 주인공은 부산의 밥집
에 앉아 아이돌그룹 샤이니의 종현이 작사·작곡한 곡
〈POET │ ARTIST〉를 듣고 있다.

　　　드러나지 아니한 관심의 대상 또한 주인공이라
고 한다면, 세 단편에서 모두 회상되는 죽은 사람을 네
번째 주인공으로 불러야 할 것이다. 그는 스스로 죽기
로 결심하고 실행했다. 『삼각주에서』의 모든 이야기가
그 돌이킬 수 없는 사실로부터 비롯한다. 그런데 세 편
의 소설을 갈무리하면서 뒤늦게 아뿔싸, 내가 작가인데
도 그리움의 대상인 이 죽은 사람이 안온하고 무해하게
만 쓰였다는 사실을 의심하지 않았잖아, 하고 새삼 의
심스러워졌다. 죽은 사람을 그리워하고 사랑하는 세 주
인공의 마음이 그를 지나치게 환히 비추었다. 사실 그
자신이 화자가 되었다면 자기 내면의 나약함과 갈등에
대해 아주 다른 이야기를 털어놓았을지도 모르겠다. 나
는 그를 숨은 주인공으로 여겼지만 그에게 자신에 대해

직접 말할 지면은 주지 않았다. 스스로 죽기로 한 사람이 자신의 죽음에 대해 말하는 것을 쓸 수는 없었다. 이것이야말로 특정 개인으로서의 내가 작가로서의 자신에게 긋고 만 한계선일 테다.

그럼에도 변명하자면 소설의 집에는 항상 사각지대가, 열지 못한 창과 문이, 색 바래가는 마멸된 공간이 있다. 소설의 출입구란 시간과 기억이 그러하듯 고정되어 있지 않고 늘 변한다. 그 흐름 중에서 작가는 도저히 쓸 수 없을 것만 같던 이야기의 파편을 얼핏 붙잡는다. 죽은 사람이 죽고 없다는 상실이 변함없이 고정된 와중에도 그렇다. 죽은 사람을 생각하는 산 사람의 상처가 백지처럼 부드러워지고 탈색되어간다는 것은 진실로 서글프다. 하지만 그 백지에 글을 쓰고야 마는 스스로를 나는 언제나 용서해왔다.

용서를 바란다. 소설을 묶어 두 번째 책을 낼 수 있게 눈여겨보고 꼼꼼히 살펴주신 자음과모음 편집부에 감사드린다. 사랑하는 사람들에게 마땅한 사랑을 전한다.

2025년 여름과 가을, 서울-울산에서

애도하는 사람들

— 김은하(문학평론가)

1. 사색의 소설, 산책자의 저자성

최수진의 『삼각주에서』는 에세이를 닮은 연작
소설이다. 이 소설을 채우고 있는 것은 진지하고 지적
인 작중인물들의 여행과 사색이다. 이 소설을 읽는 일
은 한가롭다고 할 만큼 느릿하지는 않지만, 업무를 수
행하는 노동자의 가쁜 발걸음보다는 여유 있는 산책에
동행하는 것과 같다. 마치 노인에게 걷기가 몸과 마음
을 쇠락으로부터 지켜내기 위한 자구책인 것처럼, 그의
주인공들은 사물과 세상에 대한 진실을 붙들고 모든 살
아 있는 것들과의 관계를 정립하기 위해 사색을 멈추지

않고 움직인다.

　『삼각주에서』는 각각 독립해 있되 연결되어 있는 세 개의 단편소설 「99」, 「삼각주」, 「구」가 수록된 연작소설이다. 「99」에서는 이십대 여성이, 「삼각주」에서는 글 쓰는 여자가, 「구」에서는 초등학생 소년이 주인공으로 등장한다. 「삼각주」의 '나'가 헨리 제임스의 『대사들』을 읽으며 "소설을 쓰는 작가와 소설 주인공의 목소리가 분리되지 않고 겹치며 어느 쪽으로도 읽을 수 있는 여지를 남겨두는"(91쪽) 글쓰기의 기술인 '자유간접화법'에 대한 매혹을 고백하듯이, 최수진은 전지전능한 저자가 아니라 미지의 인물이 지닌 '타자성'을 존중하고자 한다. 미셸 푸코는 글쓰기의 의미가 저자의 인격이나 삶에 귀속되지 않는다는 '저자의 죽음' 선언(롤랑 바르트)을 독자가 작품을 스스로 해석하고 의미를 구성하는 '독자의 해방'이라고 명명했지만, '저자의 죽음'으로부터 자유를 얻는 것은 작가 자신이기도 하다. 작가는 화자로서는 다 알 수 없는 것을 말하는 것을 넘어서, 화자를 통해 자신이 알지 못하는 진실에 가까이 간다. 그로써 이야기는 대화적 관계를 띠며 진실에 대한 탐구는 깊어진다.

『삼각주에서』는 젠더갈등을 다루고 있지 않지만, 인간의 취약성에 근거한 돌봄의 윤리를 이야기함으로써 세월호와 용산참사 그리고 '페미니즘 리부트' 이후 여성문학의 흐름과 접속한다. 이 연작소설은 '애도'를 주제로, 사랑하는 이의 상실이라는 사건을 통해 우리가 자율적 주체가 아니라 타자에게 기대어 있음으로써 겨우 존재하고 있다는 점을 일깨운다. '너'에 대한 애착이 '나'를 구성하는 경우—만약 '나'가 '너'를 잃어버린다면 '나'는 나 자신을 도무지 알지 못하는 상태에 처할 수밖에 없다. 애도는 우리의 근본적인 타자 의존성을 사유하고, 이를 통해 돌봄에 기반을 둔 정치공동체를 상상하게 만드는 주제다. 자립 가능한 자율적 주체라는 인간의 이상은 내가 타인에게 기대어 있음을 망각한 데서 오는 오인이자 착각이라는 점에서 애도는 문제적인 주제다.

2. 애도의 윤리, 애도의 폭력

가까운 이를 상실한 이후의 시간은 낯설고 힘겹기만 하다. 사라진 것은 '너'지만 남겨진 '나'의 삶 역시 멈춰 세워지기 때문이다. 남겨진 자들은 제대로 먹지도, 잠을 자지도, 일을 할 수도 없는 정지와 불능의 시간 속에서 이 세계는 무엇인가 세계는 누구인가 나는 누구고 너는 누구인가라는 의문에 사로잡히게 된다. 이렇 듯 삶과 죽음 사이에 존재하는 것 같은 어정쩡한 삶은 '너'를 서둘러 '나'의 삶 저편으로 '엑소시스트' 하는 것이 아니라 '너'를 기억하고 추모함으로써 비로소 회복 될 수 있다는 것이 애도의 역설이다.* 애도는 사랑하는 이를 떠나보내고 남겨진 자가 일상과 삶으로 되돌아가기 위한 절차다. 그러나 충분한 애도라는 것은 기실 언어적 가상에 불과하다. 애도는 남겨진 사람들의 일상과 삶을 위협한다는 점에서 폭력적이다. '애도의 불가능성이 애도의 충실성을 보장한다'는 식의 말은 애도의 폭력성을 가볍게 취급한다.

---

* 프로이트의 「애도와 멜랑콜리아」에 의하면 슬픔은 상실에 대한 반응이고 애도는 우리가 잃게 된 사랑하는 사람으로부터 우리 자신을 떼어내는 길고 고통스러운 작업이다. 사랑하는 사람이 떠나면 우리는 상실의 슬픔으로 고통받는데, 우리가 떠나보낸 자에 대한 감정적 애착을 단절하고 리비도를 새로운 대상에 재투자하기까지는 상당한 시간이 걸린다. 그런데 문제는 시간이 흘러도 치유되지 않으면서 되돌아오는 슬픔도 존재한다는 것이다. 애도 작업의 실패로 감정적 애착이 단절되지 못할 경우, 치료를 필요로 하는 병리적인 멜랑콜리로 이어진다. 이는 애도를 거부하는 것은 인간성을 저버리는 것이지만, 사랑하는 이를 쉬이 떠나보내지 않으려는 것 또한 우리를 병들게 할 수 있음을 의미한다.

『삼각주에서』는 애도라는 난제를 다루고 있는 사색적인 소설이다. 「99」는 이 연작소설에서 '인트로'에 해당하는데, 주인공인 '사촌 동생'은 스물여섯 살에 자살한 사촌 언니를 쉬이 놓아버리지 못한다. 오래전 사촌 언니와 개들에 관한 이야기를 나누며 자신이 한 "고통과 죽음을 외면하는 행위는 사랑일 수 없다는 선언"(17쪽)에 힘입어 그는 '애도'에 관해 사색한다. 사촌 언니는 아홉 살이나 어린 사촌 동생이 어쩌면 무심코 던진 이 말을 통해 존재론적 전회를 경험한 것으로 추정된다. 사촌 언니는 단편적인 삽화나 대화의 한 조각으로만 등장해서 흐릿하지만, 언제나 비인간 동물 존재들과 함께하고 '우리'라는 경계 바깥의 이방인에게 공감하는 따뜻하고 정의로운 인물로 그려진다.

사촌 언니와 사촌 동생이 나눈 대화의 내용은 다음과 같다. 사촌 언니네 집 거실과 부엌 사이의 벽에는 언제나 개들과 큰이모의 식구들이 사이좋게 포즈를 취한 사진들이 걸려 있었다. 털 알레르기로 인해 동물과 함께할 수 없었기 때문에 사촌 동생에게 그 사진들은 다소 특별하게 다가왔다. 그런데 사촌 언니네에게 개는 유일무이함이 아니라 대체 가능한 복수複數의 존재들이었다. 아끼던 개의 죽음이 가져다줄 감정적 고통이 두려워 개가 늙으면 개장수에게 팔면서도 그러한 행위를 사랑의 방식이라고 합리화했기 때문이다. 사촌 언니네는 개를 삶의 허전한 부분을 채워줄 행복 재화로 여겼을 뿐 인간-비인간이 서로를 닮아가고 길들여 종적 경계를 극복한 혼종적 주체(도나 해러웨이)가 되기 거부했던 것이다. 사촌 언니는 사라진 개들의 이와 같은 진실을 안 사촌 동생의 "그래서는 안 되잖아?"(16쪽)라는 말에 힘입어 "죽는 모습을 보고 견디기는 차마 싫"(16쪽)어 개들을 파는 행위가 결코 사랑이 될 수 없는 "나쁜 일"(17쪽)임을 깨닫는다.

큰이모네는 사랑하는 이에 대한 감정적 애착을 단절하고 '리비도'를 새로운 대상에 재투자하는 방식으로 애도를 거부해왔다. 그래서 정든 개가 늙고 병들면 서둘러 버리고, 젊고 귀여운 개들로 정든 개들의 기억을 몰아내고자 했다. 개들을 상품화하는 이러한 태도는 종차별주의에서 비롯되지만, 더 근본적으로는 애도에 대한 보편적 공포를 보여준다. 애도를 두려워하는 것은 큰이모네만이 아니다. 사촌 동생의 어머니는 눈물을 흘리며 큰이모를 걱정하지만, 그가 자기 딸을 찾는 전화를 꺼려한다. 누군가의 슬픔으로 자신의 딸 역시 침몰할까 우려하는 것이다. 큰이모네는 딸의 죽음 이후에도 여전히 애도를 두려워하지만 모종의 변화를 보여준다. 이들은 여전히 개를 기르는데, 딸의 자살 이후에는 "어리지 않고 낯가림 심하고 다리를 크게 다쳐 누구도 입양하지 않았다는 개"(60쪽)를 가족으로 받아들이기 때문이다.

행복은 더 이상 고대인들이 추구한 '좋은 삶(eudaimonia)', 즉 잘 사는 법에 대한 윤리적 안내 원칙이 아니라 평안하고 기분 좋은 느낌들과 동일시되고 있다. 새로운 어여쁜 개들로 늙고 병든 개의 기억을 몰아내는 것은 슬기로운 행복 기술이다. 그만큼 행복이 삶의 궁극적인 목적이 되면서 기쁨이나 명랑 같은 긍정적인 감정은 예찬되지만 슬픔, 우울, 분노 같은 부정적 감정은 금기시되고 있다. 사라 아메드는 '행복' 담론에 관한 비판적 숙고를 요청하며 고통이나 불행을 외면하지 않고 감내하는 것이 주체의 윤리 역량을 강화한다면서 행복에 대한 추구로 인해 우리가 부정하거나 거부해왔던 '어리석은' 행복 대상을 재평가하자고 주장한다.* 불행과 고통을 낭만화·미학화해서도 안 되지만, 슬픔 속에

기꺼이 머물고자 하는 형식으로써 '애도'의 가치에 주목할 필요가 있다.

이처럼 애도의 윤리적 가치에 주목한 「99」의 다음에 놓인 「삼각주」는 애도의 충실성을 추구하기 때문에 일상에 안착하지 못하고 세상과 불화하는 남겨진 자의 이야기를 담고 있다. "길고 구불거리는 머리칼"(31쪽)의 '나'는 마치 '댄디'가 거울 앞에서 밥을 먹고 잠을 자듯이 어디서나 가방 깊숙이 책과 노트를 담아 다니고 이동하며 기차 안에서조차 글을 쓰는 사람이다. '나'는 걷기를 좋아하지만 생각의 호흡이 무너질까 두려워 속도마저도 신경 쓸 것 같은 사람이다. "돌보려면 돌아봐야 한다. 돌아보려면 기억해야 한다"(42쪽)는 삶의 강령을 가진 '나'에게 "소중한 친구"의 죽음 이후에도 삶이 그럭저럭 살아진다는 것은 수치이자 모욕이다. 나는 이제 그만 죽은 친구를 잊고 각자 의미 있는 삶을 살라는 친구 부모의 말에 마음속으로 분노한다. 나는 친구가 따뜻한 추억으로 남는 것에 대한 죄책감과 역겨

* 사라 아메드, 『행복의 약속──불행한 자들을 위한 문화비평』, 성정혜·이경란 옮김, 후마니타스, 2021.

움으로 친구를 자기 안에 합체하는 식인 주체가 됨으로써 '멜랑콜리아' 상태에 빠진다.

　「삼각주」는 세 편의 단편 중에서도 단연코 난해하다. 소설의 공간은 제주도, 부산, 인천으로 종횡무진 바뀌며, 과거/현재, 현실/꿈이 뒤얽혀 있기 때문이다. 비장애 젊은 여성인 '나'가 중년의 휠체어 장애 남성으로 변신하고, 흰 개는 친구가 남긴 유서를 물고 달아나는 등 환상적인 이야기들은 소설에 신비와 긴장을 부여한다. 단순하게 정리하자면, 언젠가 다리를 다친 적이 있던 '나'는 자살한 친구가 증여한 돈으로 부산을 여행 중인데, 자살한 '너'는 돌연히 바나나와 원숭이가 그려진 파자마를 입은 스무 살의 앳된 모습으로 '나'의 현재 속으로 수시로 출몰한다. '나'는 '너'와 함께 마치 모든 그림자 없는 존재들이 그러하듯이 공간의 경계를 초월해 제주도와 인천을 넘나든다. '나'가 '너'를 따뜻한 기억으로 추억하기 거부하는 것은, '너'는 유서조차 남기지 않고 침묵하기 때문이다. '너'의 침묵으로 '나'는 '너'의 죽음에 고착되고, 어떻게 애도해야 하는지 방향조차 알지 못해 쩔쩔맨다.

　이 소설의 환상성은 사랑하는 이의 사라짐이라

는 폭력적인 사건이 주체에게 남긴 충격과 '너'라는 신비를 해독하기 위한 남겨진 자의 간절한 몸부림의 다른 표현이다. '너'는 더 이상 인간의 목소리로 발화하지 않기 때문에 나는 '사자死者'의 목소리를 듣기 위해 '무녀', 즉 '영매'에게 의존했던 옛 할머니들처럼 꿈과 환상이라는 무의식의 힘을 빌고, 있지도 않은 가상의 유서를 읽고자 하지만 흰 개는 너의 유서를 물고 달아난다. 따라서 이제 '나'는 온 힘을 기울여 기억함으로써 네가 나에게 이별의 말로 주고자 했던 비밀 메시지를 찾아내야만 한다. 걷기, 여행, 산책, 글쓰기 같은 지나온 기억을 불러오고 숨은 의미를 찾아내는 세심한 행위 끝에 '나'는 '너'가 두 마리의 개를 떠나보냈으면서도 다시 '루'라는 개를 키운 용감한 사람이며, "원칙적인 허용과 실질적 적용 사이의 간극"(53쪽), 즉 말로는 환대를 선언하지만 실질적으로 차별이 존재하는 사회에 대해 분노하며 고통받는 사람의 트라우마를 어루만지는 사람이었음을 기억해낸다.

애도를 위해 자기 삶을 저버리는 사람들은 윤리적 인간으로 칭송되지만 기실 소중한 이의 죽음에 대한 기억과 추모는 남은 자의 삶마저도 위협한다. 박완서는

6.25 전쟁기에 좌익 행위를 했다는 이유로 온갖 고초를 겪다가 죽은 오빠를 애도하기 위해 소설가가 되어 과거를 되풀이해 기억하고 증언했는데, 그의 여주인공들은 억울한 죽음의 목격자가 된 트라우마와 살아남은 자의 죄책감으로 끝내 평온한 얼굴을 가질 수 없었다. 이는 충분한 애도란 사실상 불가능한 것임을 의미한다. 애도가 남은 자들의 삶을 위협하는 폭력임을 잘 보여주는 것이 프리모 레비의 삶이다. 2차 세계대전이 끝난 후 기적적으로 생환한 프리모 레비는 증언 작가로 변신해 집필, 강연 등 왕성한 사회적 활동을 이어가던 중 갑자기 자살로 생을 마감했다. 그는 유작이 된 『이것이 인간인가』에서 마치 유서처럼 "우리는 살아남았기 때문에 죄책감을 느낀다. 더 나은 사람들이 죽었고, 우리는 살아남았다"라고 썼다. 이러한 사실은 끝없는 애도를 예찬하는 것이 능사가 아님을 뜻한다.

이 연작소설의 마지막에 놓인 「구」에서 작가는 애도를 거부하지 않으면서도 애도의 폭력에 갇히지 않을 방법을 찾는다. 오래전 누나를 자살로 잃은 소년은 "소중한 친구"가 끌려가 불법이민관리소에 감금되자 친구의 거북을 찾아 나선다. 어쩌면 죽었을지도 모르는 거북을 친구를 대신해 애도함으로써 돌아온 친구가 감당하게 될 죄책감을 덜어주려는 것이다. 깊은 밤까지 계속된 소년의 여정은 '닌자 거북이'를 닮은 "휠체어를 탄 아저씨"가 등장하는 다소 동화적인 설정 속에서 대단원을 향해 간다. 소년은 아저씨에 이끌려 간 "부당한 일상 속 차별 대우에 맞서 투쟁을 결의한 장애인과 비장애인이 여럿 모여 밤샘 투쟁을 준비하던 자리"(128쪽)에서 사촌 누나인 「99」의 사촌 동생과 죽은 누나의 친구인 「삼각주」의 "머리카락이 곱슬거리고 긴 여자"(129쪽), 즉 글 쓰는 여자를 만나게 된다. 애도가 남은 자의 삶을 위협하지 않기 위해서는 애도하는 주체가 죽은 자와 남은 자 간의 고립되고 폐쇄적인 관계를 넘어 세상과 다른 사람들 속으로 들어가야 한다는 점을 강조하는 것이다.

3. 남태령 이후의 여성문학

『삼각주에서』는 최근 여성작가들의 소설에 나타난 한 경향을 보여준다. 젠더 서사의 실종이라고 할 정도로 이 연작소설에서는 그간 여성문학의 익숙했던 주제들을 찾아보기 어렵다. 페미니즘문학의 부흥기

였던 1990년대 이후 여성문학은 사랑의 탈낭만화, 섹슈얼리티의 모험, 가부장적 가족에 대한 비판으로 기존 여성문학의 유산을 이어받아 이를 새롭게 갱신해왔다. 그러나 이 연작소설에서는 기존 여성문학에서와 마찬가지로 20~30대 젊은 여성들이 등장하지만 이들은 더 이상 1980년대 광장의 시대에서 외면당했던 '친밀성 영역', 즉 성과 사랑 그리고 가족의 민주주의라는 이상을 이야기하지 않는다. 또한 이들은 남성의 기득권마저 위협하며 등장한 신자유주의의 능력주의 이데올로기에 편승해 그간 가부장제가 여성에게 허락하지 않은 부, 권력, 섹스, 소비에 대한 욕망을 보여준 2000년대 여성문학의 주인공과도 다르다.

　　최수진의 소설 속 여성들은 2024년 12월 4일 계엄의 밤 이후 남태령 광장 이후 새롭게 출현한 청년 여성들에 의해 페미니즘의 의제가 새롭게 발굴되고 갱신되고 있음을 보여준다. 민감한 정치적 자의식을 가진 여성 청년들은 일베로 대표되는 극우의 부상, 점차로 사회적 정동으로 '정상화'하고 있는 차별과 혐오에 대항하고자 하는 한편으로, 자신의 능력치를 최대치로 끌어올리기 위해 분투하기보다는 차별과 속도전의 시대에서 뒤처지고 실격당한 자들과 함께하고자 한다. 이 작품이 이야기하는 돌봄 민주주의의 이상은 지금 여성 문학이 2016년 『82년생 김지영』으로 상징되는 페미니즘 리부트 이후 정치적 주체로 각성한 여성 청년들의 대화와 논쟁을 위한 새로운 공론장이 되고 있음을 보여주는 듯하다.

트리플 34

삼각주에서
ⓒ 최수진, 2025

초판 1쇄 인쇄일 2025년 11월 3일
초판 1쇄 발행일 2025년 11월 24일

지은이 · 최수진

펴낸이 · 정은영
편집 · 박서령 음수현 김수진
디자인 · 이선희
마케팅 · 이언영 연병선
저작권 · 신은혜
제작 · 홍동근
펴낸곳 · (주)자음과모음
출판등록 · 2001년 11월 28일
          제2001-000259호
주소 · 경기도 파주시 회동길 325-20
전화 · 편집부 02) 324-2347
        경영지원부 02) 325-6047
팩스 · 편집부 02) 324-2348
        경영지원부 02) 2648-1311
이메일 · munhak@jamobook.com

ISBN 978-89-544-7320-0 (04810)
       978-89-544-4632-7 (세트)